AF361031

CATALOGUE

DE

TRÈS BEAUX LIVRES DE LUXE

NOMBREUSES SUITES

D'EAUX-FORTES, FUSAINS ET GRAVURES

PROVENANT DE LA

LIBRAIRIE DES BIBLIOPHILES

ET D'ACHAT DE DIVERSES BIBLIOTHÈQUES

Tous ces livres, dont il ne nous reste qu'un très petit nombre, sont **vendus à un prix exceptionnel**. Nous engageons nos clients à nous faire promptement leur commande, car toutes ces collections seront rapidement épuisées et augmentées de prix.

EN VENTE AUX PRIX MARQUÉS

A LA LIBRAIRIE

ERNEST FLAMMARION ET A. VAILLANT

Galeries de l'Odéon, 1 à 9, et 4, rue Rotrou.

A partir de 25 fr., tous les envois sont adressés franco dans toute la France.

ACHAT DE BIBLIOTHÈQUES

Nous avons à la disposition de notre clientèle un grand assortiment de Livres français et étrangers, Musique, Papeterie, Maroquinerie, Articles de dessin et de bureau, et nous nous chargeons de procurer tous les ouvrages des éditeurs parisiens **avec des remises importantes,** *ainsi que tous les articles dont nos clients pourraient avoir besoin.*

NOTRE CATALOGUE SERA ENVOYÉ FRANCO A TOUTE PERSONNE NOUS EN FAISANT LA DEMANDE

OUVRAGES ILLUSTRÉS

498. ABOUT (Edmond). **Le Roi des montagnes,** illustré de 8 dessins de Delort. 1 vol. in-8° raisin, sur papier de Hollande. Exemplaire numéroté. *Librairie des Bibliophiles.* Au lieu de 58 fr., net. . . . . 13 fr. 75
Suite de 7 dessins de Ch. Delort et un portrait gravés par Mongin, 18 fr., net. 9 fr. »
Avant lettre, 30 fr., net. . . . . . 15 fr. »
Avant toute lettre, 45 fr., net. . 20 fr. »
Av. t. let., s. Japon, 60 fr., net.. 30 fr. »

499. — Tolla, 1 beau vol. in-4°, illustré de 10 pl. hors texte, gravées sur bois d'après de Myrbach, d'un portrait de l'auteur d'après P. Baudry, et de 35 ornements par A. Giraldon. Exempl. numéroté sur papier vélin avec deux suites de planches hors texte. Au lieu de 80 fr., net. . . . . 60 fr. »

500. ADAM (Mme Juliette Lamber). **La Chanson des Nouveaux Époux** (Paris, Conquet, 1882). In-fol. br., net. . . . . 150 fr. »
Épuisé.
Exemplaire sur papier du Japon, n° 23, avec les eaux-fortes en deux états, avant la lettre et avec la lettre, publication de grand luxe à laquelle ont coopéré les artistes suivants : B. Constant, E. Detaille, G. Doré, J.-P. Laurens, Yon, etc.

501. ADAMS. **Décorations intérieures** et meubles des époques Louis XIII et Louis XIV, reproduits d'après les compositions de Crispin de Passe, Paul Vredeman de Vries, Sébastien Serluis, Berain, J. Marot de Bross, etc. (Paris, Morel, 1865). In-fol. monté sur onglets, d.-rel., 100 fr., net. . . . . 40 fr. »

502. Album artistique et biographique du Salon de 1881. In-4° oblong, dans le cartonnage de l'éditeur, net.. . . . . 20 fr. »
Contenant 20 portraits et 20 photographies artistiques, reproduction des principaux tableaux de J. Frappa, Carrier-Belleuse, G. Cain, Gervex, E. Chaperon, M. Roy, H. Pille, J. Béraud.

503. *Le même.* 1882, même reliure, net. 20 fr. »
Contenant 20 portraits et 20 photographies artistiques, reproduction des principaux tableaux de Boutigny, J. Le Blant, J. Dupré, Lhermitte Protais, G. Cain, Gaglyardini, Beaumetz, T. Robert-Fleury, Benjamin Constant, J. Worms.

504. Album d'aquarelles, dessins à la plume et au crayon, gravures en couleurs des XVIII° et XIX° siècles. 25 pièces montées sur onglets en un album in-fol., cart. Bradel, tr. dor., net. 45 fr. »

505. Album de dessins, aquarelles, paysages, marines, dessins au crayon. 17 pièces en 1 vol. in-fol., cart. Bradel, tr. dor., net. . 30 fr. »

506. Album de gravures en couleurs du commencement du siècle, suite de femmes représentant divers métiers, des scènes d'intérieurs et champêtres, etc. 26 pièces en 1 vol. in-fol., cart. Bradel, tr. dor., net. . . . . . 45 fr. »

507. Album de gravures et de portraits en couleurs, de 1800 à 1810. 25 pièces montées sur onglets en 1 vol. in-fol., cart. Bradel., tr. dor., net. . . . . 40 fr. »
Cet album contient 7 planches pour *Don Quichotte,* les portraits de M. et Mme de Candolle, des sujets mythologiques, etc.

508. AMICIS (Edmondo de). **Constantinople,** trad. de l'italien par Mme J. Colomb (Paris, Hachette, 1883). Gr. in-8° br., net. . . 10 fr. »
Illustré de 183 dessins d'après nature.

509. ANACRÉON. **Poésies,** charmante édit., ornée des compositions d'Emile Lévy, gravées à l'eau-forte par Champollion. 1 vol. in-16, papier de Hollande. *Librairie des Bibliophiles.* Au lieu de 20 fr., net. . . . . 5 fr. »
Quelques exemplaires numérotés, sur pap. de Chine ou Whatman, 40 fr., net. . . 18 fr. »
Suite de 5 dessins d'E. Lévy, 5 f., net. 2 f. 50
Avant lettre, 8 fr., net. . . . . . . 4 fr. »

510. Aventures merveilleuses de Fortunatus. 1 beau vol. in-4° illust. de 120 dessins de Ed. de Beaumont. *Librairie des Bibliophiles.* 2 ex. sur papier de Chine. Au lieu de 30 fr., net. 13 fr.
10 exempl. sur papier du Japon 40 fr., net. 15 fr. »
Exemplaires numérotés.

511. BACHELIN-DEFLORENNE. **La Science des armoiries.** 1 vol. in-8°, contenant de nombreuses reproductions de blasons. *Librairie des Bibliophiles.* Exempl. numéroté sur papier de Chine ou Whatman. Au lieu de 30 fr., net. 15 fr. »

512. BAILLEUL (De). **Almanach des Bizarreries humaines.** Eau-forte de Lalauze, en deux états, avec et avant lettre. 1 vol. in-16, *Librairie des Bibliophiles,* sur papier de Chine ou Whatman. Exempl. numérotés. Au lieu de 12 f., net. . . . . 5 fr. »

513. BALDUS. **Les Monuments principaux de la France,** reproduits en héliogravure (Paris, Morel, 1875). 40 planches en 1 portefeuille, in-fol., 180 fr., net. . . . . 90 fr. »

514. BALLU (Roger). **L'Œuvre de Barye,** préface par M. E. Guillaume, membre de l'Institut. 1 magnifique vol. in-4° colombier, illustré de 24 grav., planches hors texte et 60 dessins dans le texte, sur beau papier vélin. Sous un cartonnage avec titre or, 100 fr., net. 50 fr. »
L'auteur s'est efforcé avec succès de fixer la chronologie de Barye, tâche non tentée encore et délicate, étant donné la multiplicité des petits bronzes produits par le sculpteur au cours de sa longue carrière.

515. BARBEY D'AUREVILLY. **Le Chevalier des Touches,** dessins de J. Le Blant, gravés par Champollion. 1 vol. in-8° écu, sur papier de Hollande. *Librairie des Bibliophiles.* 27 fr. 50, net. . . . . 15 fr. »
Un seul exempl. in-8° raisin, numéroté, sur papier de Hollande. Épuisé, 45 fr., net. 35 fr. »
Suite de 6 dessins de J. Le Blant et portrait gravés par Champollion, 20 fr., net. 10 fr. »
Avant lettre, 30 fr., net. . . . . . 15 fr. »
Epreuves avant toute lettre, 50 francs, net. . . . . 25 fr. »

516. BARTHELEMY. **Voyage du jeune Anacharsis en Grèce** (Paris, Didot, 1799). 7 vol. gr. in-4° et atlas, basane, filets, dos orné, net. 50 fr. »
Superbe exemplaire.

516 *bis*. BEAUMARCHAIS. **Le Barbier de Séville et le Mariage de Figaro**, dessins d'Arcos, gravés par Monziès. 2 vol. in-16, *Librairie des Bibliophiles.* Au lieu de 32 f., net. 16 fr. »
Sur papier de Hollande, exempl. numéroté, 55 fr., net. . . . . 25 fr. »
Suite de 9 dessins d'Arcos et portrait gravés par Monziès. 18 fr., net. . . . . . . 9 fr. »
Avant lettre, 30 fr., net. . . . . . 15 fr. »
Avant toute lettre, 45 fr., net. . . 22 fr. »
— — sur papier Japon, 60 fr., net. . . . . 30 fr. »
En premier état, sur Japon, 150 fr., net. 70 fr. »

517. — **Le Barbier de Séville.** 1 vol. in-12, Elzévir, papier teinté, 6 fr., net . . . 2 fr. 25

518. — **Le Mariage de Figaro.** 1 vol. in-12, Elzévir, papier teinté, 6 fr., net. . . 2 fr. 25

519. BENTZON. **Jacqueline**, bel ouvrage orné de 27 planches en photogravurs, d'après les aquarelles de Lynch. Superbe volume in-4°, broché. Au lieu de 60 fr., net. . . . 45 fr. »

520. BERGGRUEN (O.). **Cortége historique** de la ville de Vienne, à l'occasion des noces d'argent de LL. MM. François-Joseph Ier et Elisabeth (Paris, Quantin, 1879). In-fol. en portefeuille, 100 fr., net. . . . . 45 fr. »
Nombreuses planches hors texte et sur bois.

521. BERNARDIN DE SAINT-PIERRE. **Paul et Virginie**, illustré de 6 dessins de Laguillermie, *Librairie des Bibliophiles.* 1 vol. in-16, 20 fr., net. . . . . 10 fr. »
Suite de 6 dessins de Laguillermie, 13 fr., net. . . . . 6 fr. »
La même, avant la lettre, 20 fr., net. 9 fr. »
Epreuves avant toute lettre, in-8°, 30 fr., net. 14 fr. »

522. — **Paul et Virginie** et la Chaumière indienne, contenant le portrait du docteur, par Meissonier (Paris, Curmer, 1838). Gr. in-8°, d.-rel., maroq. rouge, n. rog., net. 50 fr. »
Un des plus beaux ouvrages illustrés du XIXe siècle, d'environ 450 vignettes et de 29 planches gravées sur bois par des artistes français et anglais : Meissonier, a lui seul, en a dessiné 139.

523. — **Paul et Virginie**, suivi de la Chaumière indienne, précédé d'une notice par Sainte-Beuve (Paris, Furne, 1863). Gr. in-8°, d.-rel. chag. rouge, tête dor., n. rog., net. 35 fr. »
Illustré de 7 portraits, 28 grands bois tirés à part et plus de 450 vignettes dans le texte, d'après T. Johannot, Meissonier, Français, Isabey, etc.

524. — **Paul et Virginie.** Superbe édition ornée de 4 eaux-fortes de Foulquier. 1 vol. in-8°, d.-rel. amateur maroquin bleu, dos orné, tête dorée, net. . . . . 25 fr. »
Exemplaire numéroté, sur papier de Hollande. Édition complètement épuisée.

525. BLANC (Louis). **Histoire de la Révolution française.** 15 vol. in-18 reliés en 8, bonne reliure d'amateur, tête dorée. Au lieu de 65 fr., net. . . . . 24 fr. 50
Les 15 vol. brochés, au lieu de 52 fr., net. 18 fr. »
C'est pendant son exil que Louis Blanc entreprit ce long travail. On y retrouve ses qualités d'historien, l'élévation des sentiments et des pensées, un style plein d'énergie, d'éloquence et de talent.

526. BLANC (Charles). **L'Œuvre de Rembrandt**, décrite et commentée, catalogue raisonné de toutes les estampes du maître et de ses peintures, orné de bois gravés, de 42 eaux-fortes de Flameng et de 35 héliogravures d'Amand Durand (Paris, Lévy, 1873). 2 vol. in-fol., très bonne d.-rel., 200 fr., net. . . . . 100 fr. »

527. BOILEAU-DESPRÉAUX. **Œuvres** poétiques, introductions et notes par F. Brunetière. Magnifique vol. in-4°, illustré de 27 eaux-fortes d'après Mme Madeleine Lemaire, Bida, Bonnat, Cabanel, Chapu, Delort, F. Flameng, Gérôme, J.-P. Laurens, Le Blant, L.-O. Merson, Vibert. Broché. Au lieu de 125 fr., net. . . 70 fr. »

528. BONAVENTURE DES PÉRIERS. **Nouvelles récréations et Joyeux devis.** 2 vol. in-8°, papier de Hollande. *Librairie des Bibliophiles.* Au lieu de 40 fr., net. . . . . 15 fr. »
10 exempl. sur pap. de Chine, 60 fr., net. . . . . 25 fr. »
9 exempl. sur papier Whatman, 60 fr., net. 25 fr. »
Exemplaires numérotés.

529. BOURGET (Paul). **La Terre promise**, 1 vol. in-12, br., couverture, net. . 10 fr. »
Édition originale, sur papier de Hollande, exemplaire numéroté.

530. BOURGERY et JACOB. **Traité complet** de l'anatomie de l'homme, comprenant la médecine opératoire, avec planches lithographiées d'après nature. 8 énormes vol. in-fol., 740 pl., figures noires, bonne d.-rel. Au lieu de 500 fr., net. . . . . 125 fr. »
Exemplaire en bon état.

531. BOURSIN (L.). **Les Capucins gourmands**, illustrations de L. Petit. 1 vol. in-16 sur papier vergé de Hollande, net. . 2 fr. 50

532. BOUTMY. **Petit Dictionnaire** de l'argot des typographes, suivi des coquilles typographiques célèbres. 1 vol. in-16, pap. de Hollande net. . . . . 2 fr. 50

533. BRANTOME. **Les Dames galantes.** Superbe édition illustrée de 10 dessins de Ed. de Beaumont, gravés par Boilvin. 3 vol. in-16. *Librairie des Bibliophiles.* Au lieu de 40 fr., net. . . . . 20 fr. »
Suite de 9 dessins d'Ed. de Beaumont et un portrait gravés par Boilvin. 22 fr. Net. 10 fr. »
Avant la lettre. 35 fr.. . . . . . — 15 fr.
Épreuves avant toute lettre. 55 fr. — 25 fr.

534. BRILLAT-SAVARIN. **Physiologie du Goût.** 2 jolis vol. in-16, illustrés de 1 portrait, de 52 charmantes eaux-fortes de Lalauze, net. 60 fr. »
Un des plus beaux ouvrages publiés par la librairie des Bibliophiles.
Suite de 52 eaux-fortes de Lalauze, 50 fr., net. . . . . 25 fr. »
Epreuves avant toute lettre, 100 fr., net. 50 fr.»

534 *bis.* BRONGNIART et RIOCREUX. **Description méthodique du Musée céramique** de la manufacture de Sèvres (Paris, 1845). 1 vol. in-4° de texte broché, et 1 vol. in-4° de planches, cart. Ensemble, 2 volumes. Au lieu de 150 fr., net. . . . . 15 fr. »

535. BRUANT (Aristide). **Le Mirliton,** 100 premiers numéros, dessins de Steinlen, très rare, net. . . . . 40 fr. »

536. BRUCKRI (Jacobi). **Historia critica philosophiæ** (Lipsiæ 1766-67). 6 vol. in-4°, d.-rel., bas., net. . . . . 50 fr. »

Bel exemplaire d'un livre rare.

537. **Caquets de l'Accouchée** (Les). Superbe édition illustrée de 14 eaux-fortes de Lalauze. 1 vol. in-16. *Librairie des Bibliophiles.* Au lieu de 25 fr., net. . . . . 12 fr. 50
Le même, sur pap. de Hollande, 40 fr., net. 20 fr. »
Exemplaire numéroté.
Suite de 14 pl. de Lalauze, 15 fr., net. 7 fr. 50
Épreuves avant toute lettre, 30 fr., net. 14 fr. »
— — — sur Chine, 35 fr., net. . . . . 16 fr. »

538. CASANOVA. **Mémoires** de Jacques Casanova de Seingalt (Bruxelles, Rozez, 1887). 6 vol. in-8°, très bonne d.-rel en chag, net. 22 fr. »

Édition originale et seule complète des ces intéressants mémoires. L'auteur, célèbre aventurier, fut tour à tour publiciste. abbé, prédicateur, diplomate et surtout homme à bonnes fortunes. Sa fuite des prisons de Venise si hardie et si habile étonna toute l'Europe. A dater de ce jour il promena partout ses audaces et ses effronteries ; il connut Rousseau, Voltaire, Souwaroff, le Grand Frédéric et Catherine II ; il parla à Louis XV, et fut salué presque tendrement par Mme de Pompadour.

539. CAZOTTE. **Le Diable amoureux,** illustré de charmantes compositions de Lalauze. 1 vol. in 16. *Librairie des Bibliophiles.* Au lieu de 20 fr., net. . . . . 10 fr. »

Sur papier de Hollande, 35 fr., net. 16 fr. »
4 exempl. sur pap. de Chine, gravures avant et avec lettre, 150 fr., net. . . . . 60 fr. »
2 exempl. sur pap. Whatman, gravures avant et avec lettre, 130 fr., net. . . . . . 60 fr. »
Exemplaires numérotés.
Suite des 7 planches de Lalauze, 15 fr., net. 7 fr. »
Avant lettre. . . . . 24 fr., net. 11 fr. »
Avant toute lettre. . 36 fr., net. 16 fr. »
Av. t. let., s. Japon. 50 fr., net. 22 fr. »

540. **Cent Nouvelles Nouvelles** (Les), avec notices, notes et glossaire, par P. Lacroix, 10 vol. in-8°. *Librairie des Bibliophiles.* Net. 80 fr. »

Édition complètement épuisée, exemplaire numéroté sur papier de Hollande, tirage spécial à 20 exemplaires, contenant les dessins de J. Garnier, gravés à l'eau-forte par Lalauze, et reproduits par l'héliogravure.

Suite des 10 dessins de Garnier, reproduits en héliogravures ou gravés à l'eau-forte, par Lalauze, 20 fr., net. . . . . 10 fr. »
Epreuves avant lettre, 30 fr., net. 15 fr. »

541. CERVANTÈS. **Don Quichotte,** édition ornée de 1 portrait et 17 dessins de J. Worms, gravés par Los Rios. 6 vol. in-16. *Librairie des Bibliophiles.* Au lieu de 75 fr., net. 37 fr. 50

1 exempl. de chaque sur papier de Chine ou Whatman contenant une double épreuve des gravures avant et avec la lettre. Au lieu de 150 fr., net. . . . . 75 fr. »
Exemplaires numérotés.
Tirage in-8° sur papier de Hollande, 120 fr., net. . . . . 60 fr. »
1 exempl. de chaque sur papier de Chine ou Whatman, contenant une double suite des gravures avant et avec lettre, 240 fr., net. 120 fr. »
Exemplaires numérotés.
Suite de 17 dessins de J. Worms et 1 portrait gravés par Los Rios. . 40 fr., net. 20 fr. »
Avant lettre. . . . . 60 fr., net. 26 fr. »
Avant toute lettre. . . 90 fr., net. 40 fr. »
Av. t. let., s. Japon. . 115 fr., net. 50 fr. »
Épreuve en premier état, sur Japon, 275 fr., net. . . . . 125 fr. »

542. CHAMISSO (A. de). **Pierre Schlemihl ou l'Homme qui a perdu son ombre,** édition illustrée de dessins de Myrbach. 1 vol. in-4°. *Librairie des Bibliophiles.* Au lieu de 15 fr., net. 7 fr. 50
2 exempl. sur papier de Chine, 30 fr., net. 13 fr. »
8 exempl. sur papier du Japon, 40 fr., net. 15 fr. »

Exemplaires numérotés.

543. CHAMPIER (V.). **Les Anciens Almanachs illustrés,** histoire du Calendrier depuis les temps anciens jusqu'à nos jours (Paris, Frinzine, 1886). In-fol. en portef., net. . 25 fr. »

Ouvrage accompagné de 50 planches hors texte en noir et en couleurs, reproduisant les principaux almanachs illustrés ou gravés.

544. CHAMPIER. **Modèles d'art décoratif,** d'après les dessins originaux des maîtres anciens (Paris, Quantin, 1882). In-fol. en portef., net. . . . . 80 fr. »

Exemplaire avec la double suite des planches.

545. CHAMPOLLION LE JEUNE. **Monuments** de l'Egypte et de la Nubie, d'après les dessins exécutés sur les lieux. 4 vol. — Monuments égyptiens, bas-reliefs, peintures, inscriptions d'après les dessins de *Prisse d'Avennes,* pour faire suite aux monuments de l'Egypte et de la Nubie. 1 vol. (Paris, Didot, 1845-1847). Ensemble 5 vol. gr. in-fol., cart., renfermant 400 planches en partie coloriées, 580 fr., net. 225 fr. »

546. CHARNOIS. **Recherches sur les Costumes et sur les Théâtres** de toutes les nations, tant anciennes que modernes. Ouvrage utile aux peintres, statuaires, architectes, décorateurs, comédiens, costumiers, etc. (Paris, Drouhin, 1790). In-4°, cart., n. rogn., rare en cet état, net. 80 fr. »

1 frontispice et 53 planches en couleurs et cartes, dont une faisant double emploi.

Le même, relié en basane, tranches rouges ; il manque la carte faisant double emploi, net. 70 fr. »

547. CHAUVET. **5 Dessins originaux,** de l'artiste, au crayon, pour le Nouveau Merdiana, net. . . . . 30 fr. »

— 3 Dessins à l'eau-forte pour le même ouvrage, net. . . . . 10 fr. »

Frontispice pour l'ouvrage, net. . . . . . 3 fr. »

548. CHÉNIER (André). **Poésies**, publiées avec une introduction par Becq de Fouquières (Paris, Charpentier, 1888). In-4° en feuilles, sur Japon, net. . . . . 325 fr. »

Illustré de 15 magnifiques compositions à l'eau-forte, par Bida.

549. **Chefs-d'œuvre d'art** (Les) à l'Exposition universelle de 1878, sous la direction de M. E. Bergerat (Paris, Baschet, 1878). In-fol. en portefeuille, 200 fr., net. . . . . 80 fr. »

Exemplaire sur papier de Hollande ; magnifiques planches en photogravure tirées sur chine et exécutées par la maison Goupil, représentant les merveilles de l'exposition.

550. CHEVIGNÉ. **Les Contes Rémois**, dessins de J. Worms, gravés à l'eau-forte par Rajon. 1 vol. in-16. *Librairie des Bibliophiles.* Net. . . . . 25 fr. »
. *Le même*, d.-rel. amateur, chag. rouge, tête dor., net. . . . . 30 fr. »

Édition épuisée et rare aujourd'hui, papier de Hollande.

551. — **Les Contes Rémois**, dessins de Meissonier (Paris, Académie des bibliophiles, 1868). In-8°, br., net. . . . . 25 fr. »

Rare. Portraits et dessins de Jules Worms, gravés à l'eau-forte par P. Rajon.

552. CHEVRIER (Jules). **Chalon-sur-Saône**. Environs et légendes, à l'eau-forte et à la plume (Paris, Quantin, 1883). In-4°, d.-rel., chag. tête dor. . . . . 50 fr. »
Le même, broché, net. . . . . . . 45 fr. »

Tiré à 300 exemplaires, papier Whatman.

553. CHOLIÈRES. **Les Matinées et Après-dinées**. 2 vol. in-8°, papier de Hollande. *Librairie des Bibliophiles.* Au lieu de 40 fr., net. 15 fr. »
Quelques exemplaires sur papier de Chine ou Whatman, 60 fr., net. . . . . 25 fr. »
Exemplaires numérotés.

. 554. CLARETIE (Jules). **Peintres et Sculpteurs**. Première série (artistes décédés) : H. Regnault, Tassaert, Hamon, Millet, Corot, Barye, Pils, Carpeaux, Fromentin, Diaz, Courbet, Daubigny, Préault, Daumier, Couture, Cogniet. Deuxième série (artistes vivants en 1881) : Meissonier, P. Baudry, Gérôme, Henner, G. Doré, Bonnat, Carolus Duran, Dupré, Vollon, L. Leloir, Detaille, Ch. Jacque, J.-P. Laurens, P. Dubois, J. Lefebvre, Falguière. Chaque série forme un beau volume in-8°, contenant le portrait des artistes gravé par Massard et un dessin inédit de chacun d'eux. Les 2 vol., au lieu de 80 fr., net. . . . . 13 fr. 50
Les mêmes, sur papier vergé, 160 francs, net. . . . . 35 fr. »
Les mêmes, sur papier Whatman, avec une double épreuve des gravures avec et avant lettre, 240 fr., net. . . . . 55 fr. »
Exemplaires numérotés.

555. **Costumes historiques** des XVIe, XVIIe, XVIIIe siècles, par Lechevallier-Chevignard, texte par G. Duplessis (Paris, Lévy, 1867). 2 v. in-4°, br., net. . . . . 60 fr. »

Nombreuses planches en couleurs.

556. COURVAL-SONNET. **Œuvres poétiques**, publiées par Blanchemain. 3 vol. in-16. *Librai-*

rie des Bibliophiles. Au lieu de 270 fr., net.
90 fr. »

Exemplaire unique sur parchemin.

557. COUSIN (Ch.). **Racontars illustrés d'un vieux collectionneur** : Bouquins, tableaux, dessins, faïences, autographes et bibelots (Paris, 1887). In-4°, br., 150 fr., net. . . . 50 fr. »

Magnifique publication, tirée à 650 exemplaires sur Japon, dessins de F. Régamey, chromotypies de F. Weber, gravées par Ch. Manso.

Eaux-fortes d'Abot et Cattelain, photogravures de P. Dujardin.

Magnifiques reproductions en couleurs et or de reliures, faïences, tableaux, etc.

558. — **Voyage dans un grenier**. Bouquins, faïences, autographes et bibelots (Paris, Morgand et Fatout, 1878). Gr. in-8°, d.-chag. Laval., tête peigne, n. rog., net. . . . . . . 75 fr. »

Bel exemplaire d'un ouvrage rare.

Caractères, ornements, fleurons fondus exprès, double tirage pour l'impression en rouge et en couleurs des armoiries, des têtes de page, des lettres ornées et des culs-de-lampe de 50 chapitres, 20 pages d'autographes et de fac-similé, de vieilles reliures, eaux-fortes, etc.

559. COYER (L'abbé). **Bagatelles morales**, ornées d'une eau-forte de Lalauze, en deux états, avec et avant lettre. 1 vol. in-16. *Librairie des Bibliophiles.* 3 exemplaires de chaque numérotés sur papier de Chine ou Whatman. Au lieu de 12 fr., net. . . . . 5 fr. 50

560. DAUDET (Alphonse). **Aventures prodigieuses de Tartarin de Tarascon**, illustrations de Rossi, Montégut, Myrbach, Picard et Girardot. 1 v. in-18. Papier du Japon, net. 18 fr. »

561. — **Contes**. Édition ornée de 7 eaux-fortes de Eugène Burnand. 1 beau vol. in-8° raisin, sur papier vélin de Hollande. Exemplaires numérotés. *Librairie des Bibliophiles.* Au lieu de 50 fr., net. . . . . 13 fr. 75
Suite des 7 planches de E. Burnand, 18 fr., net . . . . 9 fr. »
Avant lettre, 30 fr. net . . . . . . 14 fr. »
Avant toute lettre, 45 fr., net. . . 20 fr. »

562. — **Jack**, édition illustrée par Rossi et Myrbach. 1 v. in-18. Pap. du Japon, net. 18 fr. »

563. — **La Belle-Nivernaise**, histoire d'un vieux bateau et de son équipage. 1 vol. gr. in-8° ill. Pap. du Japon et dess. orig. ajouté. 25 fr. »

564. — **L'Obstacle**, dessin de Biéler, Gambard, Marold, Montégut. 1 vol. in-12. Papier du Japon, net . . . . 18 fr. »

565. — **Port-Tarascon**, illustrations de Biéler, Montégut, Montenard, Myrbach et Rossi. 1 vol. in-12. Papier du Japon, net. . . . . 18 fr. »

566. — **Souvenirs d'un homme de lettres**, illustrations de Montégut, Rossi, Biéler, Myrbach. 1 vol. in-12. Papier du Japon, net. . 15 fr. »

567. — **Tartarin sur les Alpes**, édition illustrée de 150 compositions de Myrbach, Aranda, de Beaumont, Rossi, Montenard. 1 vol. in-12. Papier du Japon, net . . . . 18 fr. »

568. — **Trente ans de Paris**, illustrations de Montégut, Myrbach, Rossi. 1 vol. in-12. Papier du Japon, net . . . . 15 fr. »

569. DAUDET (A.) et HENNIQUE. **La Menteuse**. 80 dessins de Myrbach. 1 vol. in-12. Papier du Japon, net . . . . 18 fr. »

570. DAYOT (Armand). **Les Médaillés du Salon**. Publié sous le patronage de l'agent général de la propriété artistique, institué par la Société des artistes français (Paris, 1886). In-folio, br., 60 fr., net . . . . 25 fr. »

Ouvrages comprenant toutes les œuvres des peintres et sculpteurs ayant obtenu une récompense, les portraits, croquis originaux et un article biographique et critique de l'œuvre.

571. DELVAU (Alfred). **Dictionnaire de la langue verte**, édition augmentée d'un supplément. 1 vol. gr. in-16, tirage numéroté sur papier du Japon ou sur Chine, net. . 15 fr. »

572. **Les Heures Parisiennes**. 1 vol. gr. in-16 sur papier vergé, illustré de 25 eaux-fortes et du portrait de Delvau, net . . . . . . 9 fr. »

573. DEMOUSTIER (C.-A.). **Lettres à Émilie sur la Mythologie**. (Paris, Renouard, an XIII-1804.) 6 parties en 3 vol. in-18, portrait et 36 figures de Moreau, v. marbr. fil., tr. dor. Bel exemplaire, net . . . . 25 fr. »

574. DESJARDINS. **Monographie de l'hôtel de ville de Lyon** (Paris, 1867). In-fol., demi-rel. chag., 175 fr., net. . . . . 50 fr. »

Ouvrage comprenant 76 planches gravées ou chromolithographiées et 20 feuilles de texte illustrées de dessins sur bois.

575. DESJARDINS (Abel), doyen de la Faculté des lettres de Douai. **Jean Bologne, la vie et l'œuvre**. 1 vol. in-folio colombier, contenant la Vie et l'Œuvre du Maître. 80 gravures hors texte ou dans le texte, dont 22 eaux-fortes, reproduisent les créations de Jean Bologne. Édition sur papier vélin, avec cartonnage. 100 fr., net. . . . . 50 fr. »

576. D'HOZIER. **Généalogie de la maison des Poussards**, justifiée par Chartes, Tiltres, Arrestz, Histoires et autres bonnes et certaines preuves par le sieur d'Hozier, gentilhomme ordinaire de la maison du roy, faisant proffession de Cognoissance des maisons illustres de France (1631). In-4°, rel. pleine maroquin Lavallière, filets à la Dusseuil, dent. int., tranches dorées (Pierson) . . . . 1,000 fr. »

Très beau manuscrit sur parchemin, le titre est encadré d'une magnifique miniature sur fond rouge rehaussé d'or.

Manuscrit de 43 feuillets, d'une belle écriture, est orné de nombreux blasons en miniature et d'une carte également en miniature contenant les 16 cartiers ou lignes tant paternelles que maternelles (sic) de M. du Vigean, l'un des descendants directs de la souche des Poussards.

Cette famille, dont l'origine date de 1340, sous Philippe de Valois, tire son origine de la maison royale de France et la rend l'alliée de tous les rois et princes de la chrétienté.

Plusieurs noms illustres figurent dans ce manuscrit authentique. Nous n'en citerons que quelques-uns pris au hasard parmi ceux connus de nos jours : De Mortemar, La Rochefoucauld, de Lansac, de Polignac, de Liguères, de Caumont, de Gontaut-Biron, de la Trémouille, de Liancourt, de Turenne, de Lancastre, etc.

Véritable occasion à ce prix.

577. **Le Diable à Paris**. Paris et les Parisiens, à la plume et au crayon, par Gavarni-Grandville (Paris, Hetzel, 1868). 4 vol. gr. in-8°, demi-rel. veau, bonne condition, net . . . . . 25 fr. »

1508 dessins, dont 600 grandes scènes et 908 dessins de Grandville, Bertall, Cham, Dantan, etc.

578. DORAT. **La Déclamation théâtrale**, poème didactique en quatre chants, précédé et suivi de quelques morceaux de prose Paris, Delalain, 1771). Petit in-8°, demi-rel chag., tête dor., non rog. *Rare en cet état*. Net. 18 fr. »

1 frontispice et 4 jolies figures d'Eisen, gravées par de Ghendt.

579. DRUMONT (Édouard). **Les Fêtes nationales à Paris** (Paris, Baschet. 1879). In fol. en feuilles dans un emboîtage, 100 fr., net. 40 fr. »

Superbes planches de reproductions des principaux faits historiques, depuis le XIVᵉ siècle jusqu'à nos jours. Exemplaire sur papier de Hollande.

580. **La Dernière bataille**. 1 vol. in-12 broché, couverture, net . . . . 10 fr. »

Édition originale sur papier de Hollande, exemplaire numéroté.

581. DUCLOS. **Les Confessions du comte de ***, jolie édition ornée d'une eau-forte de Lalauze en deux états, avec et avant lettre. 1 v. in-16. *Librairie des Bibliophiles*. Sur papier de Chine ou Whatman. 5 exemplaires de chaque, numérotés. Au lieu de 16 fr., net . . 7 fr. »

582. DU FAIL (Noël). **Contes et discours d'Eutrapel**. 2 vol. in-8°. Papier de Hollande. *Librairie des Bibliophiles*. Au lieu de 40 fr., net . . . . 15 fr. »

10 exemplaires sur papier de Chine ou Whatman, 60 fr., net. . . . . 25 fr. »

Exemplaires numérotés.

583. DU FOUILLOUX. **La Vénerie** de Jacques du Fouilloux, seigneur dudit lieu, gentilhomme du pays de Gastine en Poictou, par lui jadis dédiée au roy Charles neuviesme (Paris, chez Abel L'Angelier, 1606). In-8°, mar. rouge, filets, dos orné, dent. int., tr. dor., net . . . . 275 fr. »

Superbe exemplaire suivi de la Chasse du loup, de la fauconnerie, de Jean de Franchières, grand-prieur d'Aquitaine, Paris, Abel l'Angelier, 1607, et de celle de messire Artelouche de Alagona, seigneur de Maurueques, conseiller et chambellan du roy en Sicile.

Nombreuses figures sur bois.

584. DULAURENS (L'abbé). **Le Compère Mathieu** ou les bigarrures de l'esprit humain (Paris, Pâtris, 1796). 3 vol. in-8°, demi-rel., mar. citron, tête dor., n. rogné, net. 70 fr. »

Exemplaire contenant en plus des 9 figures de l'édition, la suite des 12 figures de l'édition de 1796.

585. DUMAS fils (Alexandre). **Théâtre complet** (Paris, Lévy, 1876). 6 vol. in-12, demi-rel., ch. rouge, tête peigne, n. rog. Portrait et envoi d'auteur, signé, net . . . . . 40 fr. »

On a joint à cet exemplaire une lettre de M. Alex. Dumas fils, autorisant le théâtre des Bouffes du Nord à jouer *Monsieur Alphonse*, plus deux lettres signées.

586. DUPUIS. **Réveil et Baillon**, flore médicale usuelle et industrielle du XIXᵉ siècle, donnant la description, la culture, la composition chimique, les propriétés curatives ou dangereuses, les usages économiques et industriels des plantes (Paris, Levasseur, s. d.). Texte 3 vol.

Atlas de planches coloriées, 3 vol.; ensemble, 6 vol. gr. in-8°, cart. Bel exemplaire, 300 fr., net . . . . 140 fr.

587. DURIEU (L.). **Ces bons petits colléges.** 1 vol. in-16 illustré de 100 dessins de L. Petit. Papier de Hollande, net . . . . 2 fr. 50

588. Éclipse (L'). 1868 à 1875. 8 vol. in-f°, d.-rel. veau f., net . . . . 40 fr. »
Le même, 1868 à 1874. En 5 vol. in-f°, cart., net . . . . 35 fr. »

Journal satirique aujourd'hui très recherché : spirituelles et nombreuses charges politiques de A. Gill, qui attirèrent à leur auteur de nombreux démêlés avec la censure et les tribunaux.

Il manque dans chaque année quelques numéros enlevés par la censure.

589. ÉPINAY (Mme d'). **L'Amitié de deux jolies femmes,** suivi du rêve de Mlle Clairon. 1 vol. in-16, orné d'une eau-forte de Lalauze en deux états avec et avant lettre. *Librairie des Bibliophiles.* Sur papier de Chine ou Whatman. 1 exemplaire de chaque, numérotés. Au lieu de 10 fr., net . . . . 4 fr. »

590. ÉRASME. **Les Colloques.** Édition illustrée de 52 vignettes à l'eau-forte et un portrait par Chauvet. 3 vol. in-8° écu. *Librairie des Bibliophiles.* Édition complètement épuisée, 50 fr., net . . . . 40 fr. »
6 exemplaires sur papier de Chine, 120 fr., net . . . . 60 fr. »
Tirage in-8° raisin sur papier de Hollande, 90 fr., net . . . . 50 fr. »
6 exemplaires sur papier de Chine, 180 fr., net . . . . 80 fr. »
5 exemplaires sur papier Whatman, 180 fr., net . . . . 80 fr. »
Exemplaires numérotés.
Suite de 53 vignettes et 1 portrait gravés à l'eau-forte par Chauvet, 40 fr., net . . 18 fr. »

591. Erotopægnion sive priapcia veterum et recentiorum parsaltera priapeia recentiorum (Lutetiæ Parisiorum, Patris, 1798). In-12, avec 2 curieuses figures dans le genre Spintrien, net . . . . 40 fr. »

592. ESCHYLE. **L'Orestie,** dessins de Rochegrosse gravés par Champollion. 1 vol. in-16. Papier vélin de Hollande. *Librairie des Bibliophiles.* 20 fr., net . . . . 5 fr. »
Suite de 6 dessins de Rochegrosse, 6 fr., net . . . . 3 fr. »
Avant lettre, 9 fr., net . . . . 4 fr. »
Épreuves en premier état sur Japon, 45 fr., net . . . . 20 fr. »

593. EUDEL (P.). 60 planches d'orfèvrerie de la collection P. Eudel, pour faire suite aux éléments d'orfèvrerie, composées par P. Germain (Paris, Quantin, 1884). In-4° en portefeuille, 100 fr., net . . . . 35 fr. »

Exemplaire sur papier de Hollande.

594. Exposition des Beaux-Arts. Salon de 1880, comprenant 34 planches de photogravure, 64 dessins hors texte et 50 motifs variés, en-têtes, lettres ornées, culs-de-lampe, etc. (Paris, première année, 1880). Gr. in-8°, d.-rel., n. rogné, net . . . . 60 fr. »

Épuisé et très rare ; le même a été vendu 150 fr., en vente publique.

595. Exposition des Beaux-Arts. Salon de

1881, comprenant 40 planches en photogravure et 150 dessins d'après les originaux des artistes (Paris, 1881). Gr. in-8°, d.-rel. chag., n. rog. Tirage d'amateur, exempl. numéroté sur papier de Hollande, 100 fr., net . . . 45 fr. »
Le même, br., net . . . . 40 fr. »
Le même, 1891, Société des Artistes Français et Société nationale des Beaux-Arts. Tirage d'amateur sur papier de Hollande, exempl. numéroté, 109 fr., net . . . . 50 fr. »

596. FEYDEAU (Ernest). **Histoire** des usages funèbres et des sépultures des peuples anciens, planches et plans par A. Feydeau (Paris, Gide, 1856). 2 vol. in-fol., d.-rel., tête dor., net . . . . 35 fr. »

Nombreuses planches hors texte en noir et en couleurs.

597. — Souvenirs d'une Cocodette écrits par elle-même (Leipzig, chez Landmann, 1878). In-8°, frontispice et fig. mar. citron jans. dent. int. doré, en-tête, non rog. (*Marius Michel.*) Net . . . . 40 fr. »

Exemplaire sur papier de Chine ; le frontispice et les 10 figures de Chauvet sont en deux états, sur chine avant la lettre, en noir et à la sanguine.

598. FLAMMARION (Berthe). **Histoire de trois Enfants courageux.** 1 vol. gr. in-8° illustré Pap. du Japon avec un dessin orig. 25 fr. »

599. FLAMMARION (Camille). **Dans le Ciel et sur la Terre,** tableaux et harmonies, illustrés de 4 eaux-fortes de Kauffmann. 1 vol. in-18. Papier du Japon, net . . . . 10 fr. »

600. — La Fin du Monde. Illustr. de J.-P. Laurens, Rochegrosse, Robida, Merwart, Rudaux. 1 v. in-18. Pap. de Chine, net. 10 fr. »

601. — Uranie, illustrations de Bayard, Biéler, Falero. 1 vol. in-12 Papier du Japon, net . . . . 18 fr. »
Le même ouvrage sur papier de Chine, net . . . . 20 fr. »

602. FLAUBERT (Gustave). **Correspondance.** Troisième série 1854-1869. 1 vol. in-12 broché. Exemplaire numéroté sur papier du Japon, net . . . . 12 fr. »

603. FLORIAN. **Fables.** Belle édition ornée de 7 dessins de E. Adan, gravés à l'eau-forte par Le Rat. *Librairie des Bibliophiles.* 1 vol. in-16. Au lieu de 20 fr., net . . . . . 10 fr. »
Sur papier de Hollande in-8°, 35 francs, net . . . . 17 fr. »
6 exemplaires sur papier de Chine, 70 fr., net . . . . 30 fr. »
8 exemplaires sur papier Wahtman, gravures avant et avec lettre 70 fr., net . . . 30 fr. »
1 seul exempl. sur japon, 90 fr., net. 40 fr. »
Exemplaires numérotés.
Suite de 6 dessins d'Ém. Adan et portrait gravés par Le Rat. 15 fr., net . . . 7 fr. »
Avant lettre, 25 fr., net . . . . . . 12 fr. »
Avant toute lettre, 40 fr., net . . 20 fr. »
Avant toute lettre, sur Japon, 50 fr., net . . . . 25 fr. »
En premier état sur Japon, 125 fr., net. 50 fr. »

604. FOE (Daniel de). **Aventures de Robinson Crusoë,** édition illustrée de 9 dessins de Mouilleron. *Librairie des Bibliophiles.* 4 vol. in-16. Au lieu de 40 fr., net . . . . . 10 fr. »
Le même, sur papier de Hollande, exemplaire numéroté, 65 fr., net . . . . . 32 fr. »

Le même, sur papier Whatman, exemplaire numéroté, épreuves avant lettre, 80 fr., net . . . . 40 fr. »
Suite de 9 dessins de Mouilleron, 20 fr., net. . . . . 9 fr. »
Avant lettre. . . . . 30 fr., net . . 14 fr. »
Avant toute lettre. . 50 fr., net . . 24 fr. »
Avant toute lettre, sur Japon, 65 fr., net 30 fr.

605. Français (Les) peints par eux-mêmes, types et portraits humoristiques à la plume et au crayon, mœurs contemporaines par Balzac, J. Janin, F. Soulié, A. Karr, Ch. Nodier, etc. Illustrations de Meissonier, Daubigny, Charlet, T. Johannot, Français, etc. (Paris, Philippart, s. d.). 4 vol. gr. in-8° br., très propre, 65 fr., net . . . . 30 fr. »

606. FROEHNER (W.). **Les Musées de France,** recueil de monuments antiques (Paris, Rothschild, 1873). In-fol., cart. Belles planches, 100 fr., net. . . . . 45 fr. »

607. GAFFAREL. L'Algérie, histoire complète et colonisation. Superbe volume gr. in-8° illustré de 4 chromolithographies, 3 belles cartes en couleurs et plus de 200 gravures sur bois. Exemplaire numéroté sur papier à la forme. Broché. Au lieu de 60 fr., net. . . . 30 fr. »

608. Galerie française où collection de portraits des hommes et des femmes célèbres qui ont illustré la France dans les XVIᵉ, XVIIᵉ et XVIIIᵉ siècles, par une association d'hommes de lettres et d'artistes (Paris, Lefort, imp. de Didot, 1821-1823). 3 vol. gr. in-4°, papier vélin, net . . . . 70 fr. »

Les portraits sont de Chrétien, Gautherot, Rulmann, Weber, etc., et les notices de Andrieux, Auger, Campenon, Denon, Fourier, Lémontey, de Ségur, Villemain, etc.

609. Galerie ornithologique des oiseaux d'Europe, recueil d'environ 95 belles planches représentant 200 oiseaux coloriés, avec notices, titre dessiné à la plume et Table manuscrite en 1 vol. in-4°, cart., net. . . . . 30 fr. »

610. GALIPAUX. Encore des galipettes. 1 vol. in-12 illustré. Papier du Japon et un dessin original ajouté, net. . . . . 6 fr. »

611. GALLAND. Les Mille et une Nuits. charmant ouvrage illustré de 21 eaux-fortes de Lalauze. 10 vol. in-16. *Librairie des Bibliophiles.* Au lieu de 90 fr., net. . . . 45 fr. »
Suite de 21 planches par Lalauze, 45 fr, net. . . . . 20 fr. »
Avant la lettre, 70 fr., net . . . . 30 fr. »
Épreuves avant toute lettre, 110 fr., net, 45 fr.

612. GANIER (H.). Costumes des régiments et des milices recrutés dans les anciennes provinces d'Alsace et de la Sarre, les républiques de Strasbourg et de Mulhouse, la principauté de Montbéliard et le duché de Lorraine, pendant les XVIIᵉ et XVIIIᵉ siècles (Épinal, Frœreisen, 1882). In-folio en feuilles. Planches en couleurs, 50 fr., net. . . . . 22 fr. »

613. GANTEZ L'Entretien des Musiciens, par le sieur Gantez, maistre de chapelle de Saint-Estienne d'Auxerre, publié d'après l'édition rarissime avec préface et notes par T. Thoinan (Paris, Claudin, 1878). In-12, mar. Laval., dos orné, filets, tr. dor., dent. inter.,

papier de Chine, net. . . . . 30 fr. »

Tiré à 15 exemplaires (n° 5), contenant l'eau-forte en quadruple état, épreuves avec et avant lettre.

614. GAUTIER (Théophile). **Mademoiselle de Maupin.** 1 vol. in-12, br., orné d'un portrait de l'auteur par Abot et un portrait de Mˡˡᵉ de Maupin, par Th. Gautier, net . . . . 8 fr. »

Exemplaire numéroté sur papier de Hollande. Épuisé.

615. — Le capitaine Fracasse, belle édition ornée de 14 dessins de Ch. Delort et un portrait gravés par Mongin. 3 vol. in-8° écu, papier vélin de Hollande. *Librairie des Bibliophiles.* Édition complètement épuisée, 75 fr., net. . 55 fr. »
5 exemplaires numérotés sur papier de Chine ou Whatman, contenant une double épreuve des gravures, 150 fr., net . . . . 70 fr. »
3 exemplaires in-8° raisin, papier vélin de Hollande numéroté, 120 fr., net. . . . . 75 fr. »
5 exemplaires numérotés sur papier de Chine ou Whatman avec une double suite des épreuves, 240 fr., net . . . . 110 fr. »
Suite de 14 dessins de Ch. Delort et portrait gravés par Mongin, 40 fr., net. . . 20 fr. »
Avant lettre, 60 fr., net . . . . . 30 fr. »
Avant toute lettre, 90 fr., net. . . 40 fr. »
Avant toute lettre sur Japon, 115 fr., net. . . . . 50 fr. »
Épreuves en premier sur Japon, 300 fr., net. . . . . 140 fr. »

616. GAVARNI. Perles et Parures. Les parures et les joyaux fantaisie, texte par Méry, histoire de la mode et minéralogie des dames par le comte Fœlix (Paris, de Gonet, s. d.). 2 vol. gr. in-8°. d.-rel. amateur, maroq. citron, dos orné, tranches ébarbées, net. . . . 60 fr. »

Planches sur papier vélin et finement coloriées ; les marges sont découpées en dentelles.

617 GÉRARD (Dʳ J.). **La Grande Névrose,** illustrations de José Roy. 1 vol. in-18. Papier du Japon, net . . . . 15 fr. »

618. GÉRARD DE NERVAL. Les Filles du Feu, dessins de Ed. Adan, gravés par Le Rat. 1 vol in-8° raisin sur papier vélin de Hollande, numéroté. *Librairie des Bibliophiles.* Au lieu de 40 fr., net. . . . . 13 fr. 75
5 exemplaires in-8° écu sur papier Whatman, contenant une double suite des gravures avant et avec la lettre. Au lieu de 50 fr., net . . . . 25 fr. »
Suite de 6 dessins de Ed. Adan et portrait, gravés par Le Rat, 18 fr., net. . . . 9 fr. »
Avant lettre, 30 fr., net . . . . . 15 fr. »
Avant toute lettre, 45 fr., net. . . 28 fr. »
— — sur Japon, 175 fr., net. 80 fr.

619. GEYMULLER (H. de). **Les Du Cerceau,** leur vie et leur œuvre (Paris, Rouam, 1887). In-4°, dem.-rel. Planches. 50 fr., net. 20 fr. »

620. GŒTHE. Faust. superbe édition ornée de 6 eaux-fortes de J.-P. Laurens et d'un portrait de Gœthe, gravées par Champollion. 1 vol. in-8° raisin. *Librairie des Bibliophiles.* Au lieu de 35 fr., net. . . . . 8 fr. 75
8 exemplaires de chaque sur papier de Chine ou Whatman, exemplaires numérotés contenant une double suite des gravures avant et avec lettre, 70 fr., net. . . . . 20 fr. »
Tirage sur grand papier in-8° soleil, exemplaire numéroté, 70 fr., net. . . . . 20 fr. »

Suite de 6 dessins de J.-P. Laurens et portrait gravés par Champollion, 20 fr., net. 10 fr. »
Avant lettre, 30 fr., net . . . . . 14 fr. »
Épreuves avant toute lettre sans l'aciérage, 50 fr., net . . . . 24 fr. »

621. — **Faust**. Traduction nouvelle par Blaze de Bury. 1 riche in-8°, sur hollande, illustré de 11 eaux-fortes hors texte, tirées sur hollande, et de 50 bois gravés par Méaulle, d'après Vogel et Scott (Quantin). Br., 50 fr., net. 20 fr. »

622. — **Werther**, jolie édition, illustrée de 7 charmantes compositions de Lalauze. 1 vol. in-16 . *Librairie des Bibliophiles*. Au lieu de 20 fr., net . . . . 10 fr. »
Sur papier de Hollande, 35 fr., net. 17 fr. 50
5 exemplaires sur papier de Chine ou Whatman, gravures, avec et avant lettre, 70 fr., net . . . . 30 fr. »
Exemplaires numérotés.
Suite des 7 planches de Lalauze, 15 fr., net . . . . 7 fr. 50
Avant lettre, 24 fr., net. . . . 12 fr. »
Avant toute lettre, 36 fr., net. . . 18 fr. »
— — sur Japon, 45 fr., net. 22 fr.
En premier état sur Japon, 125 fr., net. 60 fr.

623. GOLDSMITH. **Le Vicaire de Wakefield**, jolie édition ornée de 9 jolies eaux-fortes de Lalauze. 2 vol. in 12. *Librairie des Bibliophiles*. Au lieu de 25 fr., net. . . . 12 fr. 50
Sur papier Whatman, gravures avant et avec lettre, 50 fr., net. . . . . 22 fr. »
Exemplaires numérotés.
Tirage in-8° sur papier de Hollande, 40 fr., net . . . . 18 fr. »
3 exemplaires sur papier de Chine ou Whatman contenant une double suite des gravures, avant et avec lettre, 80 fr., net . . . 35 fr. »
7 exemplaires sur papier Whatman contenant une double suite des gravures avant et avec lettre, 80 fr., net. . . . . . . 35 fr. »
Exemplaires numérotés.
Suite de 9 planches de Lalauze, 20 fr., net . . . . 10 fr. »
Avant lettre, 30 fr., net. . . . . 15 fr. »
Avant toute lettre, 45 fr., net . . . 20 fr. »

624. GONCOURT. — **Eaux-fortes** de J. Goncourt, notice et catalogue, par Ph. Burty (Paris, 1876). In-folio en portefeuille. 20 eaux-fortes et fig. sur bois, 50 fr. net. . . . . . 15 fr. »

625. GONET (Gabriel de). **Tableau de la Littérature frivole** en France, depuis le XI° siècle jusqu'à nos jours ou musée des chansons et des poésies légères (Paris). In-fol. br., 80 fr., net . . . . 50 fr. »
Illustré de 45 eaux-fortes spéciales pour cette édition.

626. GONSE. **L'Art gothique**. L'Architecture, la Peinture, la Sculpture, le Décor. Un splendide volume in-4° contenant 282 illustrations dans le texte d'après les dessins de Boudier, et 28 planches hors texte dans un élégant cartonnage artistique, 100 fr., net. 85 fr.

627. — **L'Art japonais** (Paris, Quantin). 2 magnifiques vol. in-4°, dans un cartonnage en soie japonaise illustrée de plus de 800 reproductions et de 64 grandes planches. Épuisé, net. 180 fr. »

628. **Grelot** (Le). (Paris.) N° 91, 1873, au n° 559, 25 décembre 1881. 9 vol. in-fol., cart., net. . . . . 30 fr. »
Quantité de caricatures en couleurs par Alfred Le Petit ; recueil intéressant.

629. GRAFFIGNY (Mme). **Lettre d'une Péruvienne** (Paris, de l'Imprimerie de Migneret, 1797). Gr. in-8° maroq. olive, filets, dos orné, dent. intér., tr. dor., net. . . . . . 150 fr. »
Magnifique reliure, exemplaire très grand de marges, illustré d'un portrait par Gaucher et 6 jolies figures dessinées par Le Barbier.

630. GRAZZINI. **Contes**. 2 v. in-16, illustrés de 2 eaux-fortes de Besnier, pap. de Chine, net. 15 fr. »

631. GRESSET. **Le Méchant**. 1 vol. in-8°. *Librairie des Bibliophiles*. Au lieu de 150 fr., net. . . . . 60 fr. »
Exemplaire unique sur parchemin.

632. GUÉRIN (Léon). **Histoire maritime de France**, avec 31 gravures, d'après les dessins de Gudin, Isabey, Tony Johannot, Raffet, etc. (Paris, Abel Ledoux, 1843). 2 vol. gr. in-8°, d.-rel., mar. bleu, tête dor., non rog., couvertures, net. 20 fr. »

633. GUEULETTE. **Arlequin Pluton**. 1 vol. orné d'une eau-forte de Lalauze, en deux états, avec et avant lettre. *Librairie des Bibliophiles*. Sur papier de Chine ou Whatman. Exemplaires numérotés. Au lieu de 10 fr., net. . 4 fr. »

634. GUICHARD. **Dessins** de décoration des principaux maîtres, avec une notice sur l'art décoratif, par E. Chesneau (Paris, Quantin, 1881). In-fol. en portef., 125 fr., net. 50 fr. »

635. GUIFFREY. **Antoine van Dick**, sa vie et son œuvre. 1 vol. in-fol. colombier, contenant une très importante étude sur la vie et les œuvres du maître et de ses élèves, une centaine de gravures dans le texte et plus de 30 grandes planches tirées hors texte et gravées par Boulard fils, Courtry, Fraenkel, Hecq, Gaujens, Masson, Millius Salmon, etc. Sur beau papier et planches sur hollande, dans un cartonnage artistique, 100 fr., net. . . . . 50 fr. »
Le même, sur papier Whatman, exemplaire réservé avec une triple suite des planches avec lettre, sur Hollande; avant lettre sur Hollande en sanguine et avant lettre sur Japon, 300 fr., net. . . . . 140 fr. »

636. HACKS (Ch.). **Le Geste**. 1 vol. in-8°, dessins typiques de Lanos, tirage numéroté sur papier du Japon, avec un dessin original, net. 25 fr. »

637. HALÉVY (Ludovic). **Récits de guerre**. L'invasion de 1870-1871, dessins par L. Marchetti et Alfred Paris (Paris, Boussod, Valadon et C°, s. d.). Gr. in-4°, d.-rel., mar. rouge, dos et coins, tête dor., non rog. Épuisé et rare, net. . . . . 55 fr. »

638. HAVARD (H.). **L'Œuvre de P.-V. Galland**. Magnifique vol. in-4°, illustré de près de

200 planches, dont 30 hors texte tirées en taille-douce. Au lieu de 40 fr., net. . . . . 24 fr. »

Les dessinateurs, peintres, sculpteurs, ornemanistes, trouveront dans ce volume des motifs et des compositions dans le goût des modernités si prisé aujourd'hui.

639. — **Un Peintre de Chats** (Mme Henriette Ronner). 1 vol in-4°, cartonnage artistique, 13 grandes planches tirées à part et 16 dessins dans le texte. Au lieu de 15 fr., net. 6 fr. 50

640. **Heptaméron des Contes de la Reine de Navarre.** 2 vol. in-8° sur papier de Hollande. Au lieu de 40 fr., net. . . . . 15 fr. »
Quelques exemplaires sur papier de Chine ou Whatman, 60 fr., net. . . . . . . 25 fr. »
Exemplaires numérotés.

641. **Heptaméron** des nouvelles de très haute et très illustre princesse Marguerite d'Angoulême, reine de Navarre, publié par MM. Leroux de Lincy et A. de Montaiglon (Paris, Eudes, 1880). 4 vol. in-8°, br., 200 fr., net. 50 fr. »
Exemplaire avec deux suites de gravures hors texte, dont une en noir sur papier teinté et la seconde en bistre sur papier van Gelder.

642. **HÉRAULT DE SÉCHELLES. Voyage à Montbard.** 1 vol. in-16, orné d'une eau-forte de Lalauze, en deux états avec et avant lettre. *Librairie des Bibliophiles.* Tirage sur papier de Chine ou Whatman, 6 exemplaires numérotés. Au lieu de 10 fr., net. . . . . . 4 fr. »

643. **HEYLLI** (D'). **Rachel,** d'après sa correspondance. Superbe vol. in-8°, orné de 4 portraits gravés à l'eau-forte par Massard. *Librairie des Bibliophiles.* Au lieu de 15 fr., net. 5 fr. »
Sur papier de Hollande, avec double épreuve des portraits, 25 fr., net. . . . . . . 10 fr. »
6 exempl. sur papier Whatman, avec triple épreuve des portraits, 40 fr., net. . 15 fr. »
Exemplaires numérotés.

644. **HILLEMACHER. Galerie historique** des portraits des comédiens de la troupe de Molière, gravés à l'eau-forte sur des documents par F. Hillemacher, avec des détails biographiques succincts, relatifs à chacun d'eux (Lyon, Scheuring, 1869). In-8° en feuilles dans un emboîtage, net. . . . . 300 fr. »
Exemplaire unique sur peau de vélin.

645. **HOFFMANN. Contes,** illustrés de 11 jolies eaux-fortes de Lalauze. 2 vol. in-16. *Librairie des Bibliophiles.* Au lieu de 36 fr., net. 16 fr. »
Le même, papier de Hollande, 60 fr., net. 28 fr. »
Le même, sur papier de Chine, gravures avant et avec lettre, 120 fr., net. . . 55 fr. »
Exemplaires numérotés.
Suite de 11 planches par Lalauze, 22 fr., net. 10 fr. »
Avant la lettre, 35 fr., net. . . . 15 fr. »
Avant toute lettre, 55 fr., net. . . 35 fr. »
Av. t. let., s. Japon, 70 fr., net. 30 fr. »

646. **HOUSSAYE** (Arsène). **La Comédie française,** 1680-1880 (Paris, Baschet, 1880). In-fol. en feuilles, 90 fr., net. . . . . . . 30 fr. »

647. — **Les Cent et un Sonnets,** gravures et eaux-fortes (Paris, Maury). In-4°, d.-rel. maroquin Lavallière, amateur, net. . . 20 fr. »
Exemplaire sur papier teinté avec les eaux-fortes avant lettre.

648. — **Molière, sa femme et sa fille** (Paris, Dentu, 1880). In-fol., br. Planches à l'eau-forte, 100 fr., net . . . . 45 fr. »

649. HUGO (Victor). **Le Victor Hugo de la Jeunesse :** Petit Paul, les Pauvres Gens, la Légende du Beau Pécopin, l'Epopée du Lion. 1 vol. gr. in-8°, papier du Japon. . . 15 fr. »

650. **Imitations de Jésus-Christ,** traduction de Lamennais (Paris, Gruel, Engelmann). In-4° en feuilles dans un emboîtage. . . 350 fr. »
Publié à 700 francs. Exemplaire neuf d'un ouvrage magnifique comme dessins et impression. Miniatures en or et en couleurs, d'après les manuscrits du moyen âge.

651. JOUFFROY D'ESCHAVANNES. **Traité** complet de la science du blason, à l'usage des bibliophiles, archéologues, amateurs d'objets d'art, numismates, archivistes, orné de nombreux blasons finement gravés. 1 vol. in-16, sur papier de Chine ou du Japon, 20 f., net. 10 fr. »

652. **Journal des Goncourt.** Tome V, 1872-1877. 1 vol. in-12, broché, couverture, net. 10 fr. »
Édition originale sur papier de Hollande. Exemplaire numéroté.

653. JULLIEN (A). **La Nièvre à travers le** passé, topographie historique de ses principales villes. 1 magnifique vol. sur beau papier vélin, 125 fr., net. . . . . 50 fr. »
Le même, d.-rel. chag. . . . . 58 fr. »
Belle publication ornée de nombreuses planches à l'eau-forte, sur Hollande et hors texte.

654. KANITZ. **La Bulgarie danubienne et** le Balkan, études de voyage, 1860-1880 (Paris, Hachette, 1852). In-8° br., 15 fr., net. 8 fr. »
Illustré de 100 gravures sur bois.

655. KOCK (Paul de). **La Grande Ville** (Bureau des Nourrices. — Bains à domicile, etc.). Illustrations de Gavarni, Gigoux, Victor Adam et Daumier (Paris, Baudry, 1842). Gr. in-8°. — **La Grande Ville,** contenant la Presse parisienne, par H. de Balzac, les Bateleurs, les Restaurants, etc. (Paris, Baudry, 1843). Grand in-8°. Ensemble 2 tomes en 1 vol., gr. in-8°, d.-rel. veau fauve, non rog., net. . . . . . 15 fr. »
Bel exemplaire.

656. LA BLANCHÈRE (H. de). **Les Oiseaux,** Gibiers, chasse, mœurs, acclimatation (Paris, Rothschild, 1876). In-4°, d.-rel., 50 fr., net. 25 fr. »
Illustré de 45 chromotypographies et de nombreuses vignettes.

657. LABORDE. **Choix de Chansons mises** en musique, ornées d'un portrait de l'auteur, d'après Denon, et de 104 magnifiques estampes par Moreau, Le Barbier, Le Bouteux et Saint-Quentin. 4 vol. gr. in-8°, papier vélin, texte et musique entièrement gravés. Au lieu de 200 fr., net. . . . . 70 fr. »
Le même, sur Chine ou Japon, au lieu de 400 francs, net . . . . 100 fr. »

658. LA BRUYÈRE. **Les Caractères ou les Mœurs de ce siècle,** précédés des caractères de Théophraste, traduits du grec, revus sur la neuvième édition originale de 1696 par Ch. Asselineau (Paris, Lemerre, 1871). 2 vol. in-8°, d.-rel. amat. maroq. grenat, n. rogn. Portrait, net. . . . . 20 fr. »

659. La Chronique de Pantagruel. 1 vol. in-16. *Librairie des Bibliophiles.* Au lieu de 80 fr., net. . . . . 32 fr. »
Exemplaire unique sur parchemin.

660. LAFENESTRE. Dix années du Salon de peinture et de sculpture (1879-1888. 1 vol. in-8° illustré de 40 planches à l'eau-forte, d'après les meilleurs artistes. *Librairie des Bibliophiles.* Au lieu de 30 fr., net. . . 3 fr. 75 »

661. — Le Livre d'or du Salon de peinture et de sculpture, description des œuvres principales. Années 1879 à 1891. Chaque année un magnifique volume in-8° illustré de nombreuses eaux-fortes gravées sous la direction de Ed. Hédouin. *Librairie des Bibliophiles.* Au lieu de 25 fr., net. . . . . 3 fr. 75 »
Le même, sur papier de Hollande, gravures avant lettre, 35 fr., net. . . . . 12 fr. »
Sur papier Whatman, avec double épreuve des gravures, 50 fr., net. . . . . . . 15 fr. »
Exemplaires numérotés.

662. — Titien. 1 beau vol. in-fol., illustré de grandes planches hors texte, en héliogravure ou gravées à l'eau-forte par Gaujean et Le Nain et de plus de 100 gravures, dont 25 reproduisant les principales œuvres du Titien. Sur papier vélin, avec un cartonnage artistique, 100 f., net. . . . . 50 fr. »
Le même, sur papier de Hollande, contenant une double suite des planches avec et avant lettre, sur Japon, 200 fr., net. . . . 140 fr. »

663. LA FONTAINE. Contes et Nouvelles en vers, édition revue et augmentée d'une notice par A. de Montaiglon (Paris, Rouquette, 1883). 2 tomes en 5 parties, in-8°, br., 250 fr. net. 50 fr. »
Exemplaire numéroté sur papier de Chine, illustré de 71 compositions d'après les dessins originaux de Fragonard, Monet, Touzé et Mallet, et de 5 figures inédites de Milius, 2 portraits, le tout en deux états avec et avant lettre et 67 fleurons, ensemble 207 gravures.

664. — Contes illustrés de 11 dessins de Ed. de Beaumont, gravés par Boilvin. 2 vol. in-16. *Librairie des Bibliophiles.* Au lieu de 35 fr., net. . . . . 10 fr. 50
Le même, sur papier de Hollande, 70 francs, net. . . . . 27 fr. »
Exemplaire numéroté.
Suite de 10 dessins d'Edouard de Beaumont et un portrait gravés par Boilvin, 25 fr., net. 10 fr. »
Avant la lettre, 40 fr., net. . . . . 18 fr. »
Avant toute lettre, 60 fr., net. . . 28 fr. »

665. — Contes, avec les illustrations de Fragonard. Réimpression de l'édition de Didot, 1795, revue et augmentée d'une notice par A. de Montaiglon (Paris, Lemonnyer, 1883). 2 tomes en 4 vol. in-4°, d.-rel. chag. rouge, coins, non rog., 250 fr., net. . . . . 125 fr. »
Exemplaire numéroté sur papier de Hollande.
Le même, en livraisons, net. . . . 100 fr. »
Le même, sur papier vélin, 2 volumes in-4°, net . . . . 65 fr. »

666. — Fables, charmante édition illustrée de 12 dessins de E. Adan et d'un portrait de La Fontaine, gravés par Le Rat. 2 vol. in-16. *Librairie des Bibliophiles.* Au lieu de 40 fr., net. . . . . 12 fr. »
Sur papier de Hollande, 65 fr., net. 28 fr. »

3 exemplaires sur papier de Chine, gravures avant et avec lettre, 130 fr., net. . . 50 fr. »
1 exemplaire sur papier Whatman, gravures avant et avec lettre, 130 fr., net. . . 60 fr. »
Exemplaires numérotés.
Suite de 12 dessins d'Em. Adan et un portrait gravés par Le Rat. Avant toute lettre, 65 fr., net. . . . . 30 fr. »
Avant toute lettre, sur Japon, 90 fr., net.
40 fr. »
En premier état, sur Japon, 240 francs, net.
100 fr. »

667. — Fables. illustrées à l'eau-forte par A. Delierre. Magnifique édition d'amateur en 2 vol. in-4°, sur papier à la cuve et illustrée de 75 grandes planches d'une haute valeur artistique. Au lieu de 150 fr., net. . . . . 75 fr. »

668. — Psyché, jolie édition ornée de 5 dessins d'Em. Lévy, gravés par Boutellie. 1 vol. in-16, papier de Hollande. *Librairie des Bibliophiles.* Au lieu de 20 fr., net. . . . . 5 fr. »
6 Exempl. numérotés sur papier Whatman ou Chine. 40 fr., net. . . . . 18 fr. »
Suite de 5 dessins d'Em. Lévy, 5 francs, net.
2 fr. 50
Avant lettre, 8 fr., net. . . . . 4 fr. »

669. — Dessins de Fragonard pour les **Contes** de La Fontaine, gravés par Martial et destiné à orner l'édition de Didot, 1795 (Paris, Rouquette). 10 liv. en portefeuille, 250 fr., net. 125 fr. »
On a ajouté à cet exemplaire les portraits de La Fontaine et de Fragonard.

670. — Suite de 40 planches pour illustrer les **Contes** de La Fontaine, réimpression des belles collections de gravures du XVIII° siècle, composition de Lancret, Pater, Elisen, Boucher, etc. Format in-4°, gravées au burin par Depollier aîné.
Exemplaire Japon, 3° état avant la lettre, au lieu de 150 fr., net. . . . . 70 fr. »
Exemplaire Japon, 4° état, planches avec lettres, au lieu de 100 fr., net. . . . . . 40 fr. »
Exemplaire vergé noir avant la lettre, au lieu de 125 fr., net. . . . . 50 fr. »
Exemplaire vergé noir avec lettre, au lieu de 80 fr., net. . . . . 32 fr. »

671. LAFORGE (Edouard). La Vierge, type de l'art chrétien, histoire, monuments, légendes (Lyon, Scheuring, 1864). In-4°, d.-rel. chag., tête dor., n. rog., figures, net. . . . 40 fr. »

672. La Lozana Andaluza (La gentille Andalouse), par F. Delicado. XVI° siècle. Trad. par A. Bonneau, texte espagnol en regard (Paris, Liseux, 1888). 2 vol. in-8° br. Exempl. numéroté sur papier de Hollande, tiré à très petit nombre. Au lieu de 75 fr., net. . . 40 fr.

673. LAJARTE. Catalogue historique et anecdotique de la bibliothèque musicale de l'Opéra. *Librairie des Bibliophiles.* 2 vol. in-8°, portraits des musiciens gravés par Le Rat. Au lieu de 40 fr., net. . . . . 9 fr. 50
Sur papier de Hollande, 60 fr., net. 17 fr. »
Sur Whatman, 80 fr., net. . . . . 23 fr. »
Exemplaires numérotés.

674. LAMARTINE. Jocelyn, illustré de neuf dessins de Besnard, gravés par Los Rios et un portrait gravé par Champollion. 1 vol. in-8° écu. *Librairie des Bibliophiles.* 5 exemplaires de chaque sur papier de Chine ou Whatman, 60 fr., net. . . . . 25 fr. »

Exemplaires numérotés, contenant une double suite des gravures avant et avec lettre.

Le même, in-8° raisin, numéroté, papier vélin de Hollande, 50 fr., net . . . . . 13 fr. 75

3 exemplaires de chaque sur papier de Chine ou Whatman, exemplaires numérotés, contenant une double suite de gravures avant et avec la lettre, 100 fr., net. . . . . 40 fr. »

Suite de 9 dessins de Besnard, gravés par Los Rios, 22 fr., net. . . . . 10 fr. »

Avant lettre, 35 fr., net. . . . . . 16 fr. »

Avant toute lettre, 50 fr., net. . . 22 fr. »

Av. t. let., sur Japon, 65 fr., net. 30 fr. »

Epreuves en premier état, sur Japon, 140 fr., net. . . . . 60 fr. »

675. — **Graziella**, édition ornée de 6 dessins de Brantot, gravés par Champollion. 1 vol. in-8° écu, *Librairie des Bibliophiles*, sur papier de Chine ou Whatman, exemplaires numérotés, contenant une double suite de gravures avant et avec lettre, 50 fr., net. . . . . . . 20 fr. »

In-8° raisin, papier vélin de Hollande, 42 fr., net. . . . . 13 fr. 75

Un exemplaire sur papier de Chine, 84 fr., net. . . . . 45 fr. »

6 exemplaires sur papier Whatman, 84 fr., net. . . . . 40 fr. »

Exemplaires numérotés contenant une double suite des gravures avant et avec lettre.

Suite des 6 dessins de Brantot et un portrait gravés par Champollion, 18 fr., net. 9 fr. »

Avant lettre, 35 fr., net. . . . . . 17 fr. 50

Avant toute lettre, 50 fr., net. . . 25 fr. »

Av. t. let., sur Japon, 65 fr., net. 32 fr. »

Epreuves en premier état, sur Japon, 140 fr., net. . . . . 65 fr. »

676. LEAR (Fanny). **Le Roman d'une Américaine en Russie**, accompagné de lettre originales (Bruxelles, Lacroix, 1875). In-12, d.-rel. chag. vert, dos orné, tête dor., non rogné, net. . . . . 15 fr. »

Fanny Lear, pseudonyme de miss Blackford, aventurière américaine, connue par le scandale qu'ont causé ses relations avec un personnage princier de Saint-Pétersbourg, et expulsée de Russie par ordre du Czar.

Le même, br., grand papier, net. 15 fr. »

677. LEBON (Gustave). **Les Premières civilisations**. 1 vol. in-8°, illustré de 434 gravures, 2 cartes et 9 grandes planches. Exemplaire sur papier du Japon, auquel on a ajouté un dessin original. . . . . 40 fr. »

678. LEDAIN (Bélisaire). **La Gatine historique et monumentale**. Ouvrage accompagné d'eaux-fortes et de lithographies représentant les monuments de ce pays, dessinés et gravés par E. Sadoux. In-fol., br., 60 fr., net. 25 fr. »

679. **Les Disciples de Pantagruel**, précédé d'une notice par P. Lacroix. 1 vol. in-16. *Librairie des Bibliophiles*. Au lieu de 70 francs, net. . . . . 28 fr. »

Exemplaire sur parchemin.

680. LE SAGE. **Le Diable boiteux**. Belle édition ornée de 9 charmantes eaux-fortes de Lalauze. 2 vol. in-16. *Librairie des Bibliophiles*. Au lieu de 30 fr., net. . . . . 7 fr. 50

Le même, sur papier de Hollande, exemplaire numéroté, 50 fr., net. . . . . . 20 fr. »

Le même, sur papier de Chine, gravures avant lettre, exemplaire numéroté, 60 francs, net. . . . . 25 fr. »

Suite de 9 planches par Lalauze, 18 francs, net. . . . . 8 fr. »

Avant la lettre, 30 fr., net. . . . . 13 fr. »

Avant toute lettre, 45 fr., net. . . 20 fr. »

681. — **Histoire de Gil Blas de Santillane**, édit. ornée de 13 eaux-fortes de Los Rios. 4 vol. in-16. *Librairie des Bibliophiles*. Au lieu de 45 fr., net. . . . . 22 fr. 50

Sur papier de Hollande, exemplaire numéroté, 75 fr., net. . . . . 37 fr. 50

Suite de 13 planches de Los Rios, 26 francs, net. . . . . 13 fr. »

Avant lettre, 40 fr., net. . . . . . 20 fr. »

Avant toute lettre, 60 fr., net. . . 27 fr. »

Av. t. let., s. Japon, 80 fr., net. . 35 fr. »

682. — **Turcaret**. 1 vol. in-18. *Librairie des Bibliophiles*. Au lieu de 35 fr., net. 15 fr. »

Exemplaire unique sur parchemin.

683. — **Œuvres**, avec notice et notes par Poulet-Malassis (Paris, Lemerre, 1878). 5 vol. in-18, rel. d'amateur en maroq, coins, tête dor. Au lieu de 90 fr., net. . . . . 55 fr. »

Bonne édition avec les dessins de Henri Pille, gravés à l'eau-forte par Monziès.

684. **Les Chats**, esquisse naturelle et sociale, tableaux et dessins d'Henriette Ronner; magnifique ouvrage sur papier vélin, 12 illustrations en photogravure sur papier de Chine et 25 reproductions de croquis à la plume. 1 vol. grand in-4°, richement relié, fers spéciaux. Au lieu de 50 fr., net. . . . . 37 fr. 50

685. **Les Marguerites de la Marguerite des princesses**, réimpression de l'édition de 1547. 4 vol. in-16. *Librairie des Bibliophiles*. Au lieu de 400 fr., net. . . . . 160 fr. »

Exemplaire unique sur parchemin.

686. **Les Promenades à la mode**. Paris au XVIII° siècle, eaux-fortes de Lalauze en deux états avec et avant lettre. 1 vol. in-16. *Librairie des Bibliophiles*. Sur papier de Chine ou Whatman. Au lieu de 13 fr., net. . . . . . 6 fr. »

5 exemplaires de chaque, numérotés.

687. LETAROUILLY. **Le Vatican et la Basilique de Saint-Pierre de Rome**, monographie mise en ordre et complétée par A. Simil (Paris, Morel). 7 livraisons en portefeuille in-f°, 280 fr., net. . . . . 125 fr. »

688. **L'Illustration**, journal universel, collection complète depuis l'origine jusqu'à 1893 inclus. 102 volumes. Au lieu de 2.500 francs, net. . . . . 1.100 fr. »

Collection difficile à rencontrer complète.

Afin de faciliter à nos clients l'achat de cette importante collection, nous les autorisons à nous régler à leur convenance ou par paiements trimestriels.

689. **L'Imitation de Jésus-Christ**, dessins de Henri Lévy, gravés à l'eau-forte par Waltner, ornements de Giacomelli 1 vol. in-8°. *Librairie des Bibliophiles*. Au lieu de 30 francs, net. . . . . 15 fr. »

Le même, tirage sur grand papier in-8° soleil,

exemplaire numéroté contenant une double épreuve des gravures avant et avec la lettre, 50 fr., net. . . . . 25 fr. »

690. Livre (Le), revue du monde littéraire, archives des écrits de ce temps (Paris, Quantin, 1880-1888). En Livraisons, net. . . 75 fr. »

Les 9 premières années en parfait état et bien complètes, publiées à 40 fr. l'année.

Le même, première année 1880. En livraisons, net. . . . . 12 fr. »

691. LONGUS. Daphnis et Chloé, ou les pastorales de Longus, traduites du grec de J. Amyot (Paris, Leclère, 1863). In-8°, maroq. citron, dos orné, filets, mosaïques, dent. int., tr. dor. (David), net. . . . . 100 fr. »

Superbe exemplaire contenant :

1° La suite des figures de Eisen, gravées par Longueil en trois états, sur Chine, en *noir*, *bistre* et *sanguine* ;

2° La suite tirée à part des têtes de chapitres et culs-de-lampe également en trois états *noir*, *bistre* et *sanguine* ;

3° La suite de 1 portrait et 8 figures de Boilvin pour l'édition de Lemerre, 1872 ;

4° La suite de 9 figures par Prudhon et Gérard, gravées par Massard et Roger. Édition de Didot, 1800, en quatre états, en noir sur Hollande, en noir sur Chine, en bistre et sanguine sur Chine. Ensemble 77 pièces.

692. LORIQUET. Tapisseries de la cathédrale de Reims (Histoire du roi Clovis, XVe siècle; histoire de la Vierge, XVIe siècle). Reproduction en héliogravures par les procédés de la maison Goupil, de 20 planches in-fol. 1 vol. in-fol. de 170 pages renfermées dans un riche cartonnage. Exempl. sur Holl. (Paris, Quantin). 200 fr., net. . . . . 80 fr. »

693. LOTI (Pierre). **Madame Chrysanthème** (Paris, Guillaume, 1888). In-12, br., couverture en soie, ornement or. dans un riche emboîtage sur lequel est frappé un motif de Falguière. *Édition complètement épuisée*. Net. 45 fr. »

694. LOUVET. Les Amours du chevalier de Faublas, édition illustrée de 15 dessins de P. Avril st d'un portrait gravés par Monziès. 5 vol. in-16. *Librairie des Bibliophiles*. Au lieu de 60 fr., net. . . . . 15 fr. »

Sur papier de Hollande, exempl. numéroté, 95 fr., net. . . . . 40 fr. »

1 exempl. de chaque, sur papier Whatman ou de Chine, numérotés, contenant une double suite des gravures avant et avec lettre. 180 fr., net. . . . . 75 fr. »

Tirage in-8° sur papier Whatman ou Chine, exempl. numérotés, avec double suite des gravures avant et avec lettre, 190 fr., net. 85 fr. »

Suite de 15 dessins de P. Avril et un portrait gravés par Monziès. Au lieu de 32 francs, net. . . . . 15 fr. »

Avant lettre, 50 fr., net . . . . . . 20 fr. »

Avant toute lettre, 75 fr., net. . . 30 fr. »

Av. t. let., sur Japon, 110 fr., net. 45 fr. »

En 1er état, sur Japon, 200 fr., net. 90 fr. »

695. LUTHMER. Joaillerie de la Renaissance (Paris, Quantin). In-fol. en portefeuille. Planches en noir et en couleurs, 100 francs, net. . . . . 45 fr. »

696. MALOT (Hector). **L'Auberge du Monde**,

150 grandes compositions par Devy. Fort vol. in-8°, sur papier du Japon, avec un dessin original ajouté. . . . . 20 fr. »

697. — En Famille, illustrations de Lanos. 2 vol. in-12, net. . . . . 14 fr. »

Exemplaire sur papier de Chine avec un dessin original.

Le même, sur papier du Japon, avec un dessin original, net. . . . . 12 fr. »

Sur papier de Hollande, avec un dessin original, net. . . . . 9 fr. »

698. — En Famille. Superbe vol. gr. in-8°, orné de gravures d'après les dessins de Lanos. Tirage numéroté sur papier du Japon, avec un dessin original ajouté, net. . . . . . 25 fr. »

699. — La Petite Sœur. 1 vol. gr. in-8°, ill., tirage spécial sur papier de Hollande. 10 fr. »

700. — Les Victimes d'Amour. Les Amants, les Epoux, les Enfants. Illustrations de Renouard, Duez. 1 beau vol. gr. in-8° sur papier de Holl., avec un dessin original ajouté, net. 20 fr. »

701. MALTE-BRUN. L'Allemagne illustrée (Paris, Rouff). 5 vol. in-4°, br. Nombreuses gravures, 100 fr., net. . . . . 40 fr. »

702. MANNE (E.-D. de). **Galerie** historique des comédiens de la troupe de Voltaire, gravés à l'eau-forte, sur des documents authentiques, par H. Lefort (Lyon Scheuring, 1877). In-8°, d.-rel. amat., maroq. bleu, dos orné, n. rog., papier teinté. Epuisé, net. . . . . . . 60 fr. »

Le même, broché, papier de Hollande, net. . . . . 40 fr. »

703. MANNE (De) et **MENETRIER. Galerie** historique de la Comédie-Française pour servir de complément à la troupe de Talma, depuis le commencement du siècle jusqu'à l'année 1853 (Lyon, Scheuring, 1876). In-8°, d.-rel., mar. v., amat., dos orné, n. rog., épuisé, net. . . . . 50 fr. »

Exemplaire sur papier de Hollande avec la double suite des portraits gravés à l'eau-forte par M. Fugère, en noir et en sanguine.

704. MANTZ. Boucher, Lemoine et Natoire. 1 magnifique vol. in-fol. colombier, illustré de 40 pl. hors texte à l'eau-forte, et de plus de 100 gravures dans le texte. Edition sur papier de Hollande, dans un cartonnage artistique, exemplaire numéroté avec une double suite des eaux-fortes, et avant lettre, sur Japon. Au lieu de 200 fr., net . . . . 90 fr. »

On ne connaît qu'imparfaitement le XVIIIe siècle quand on ne connaît pas les œuvres de Boucher et de ses amis.

705. — Hans Holbein. Dessins et gravures sous la direction d'Edouard Lièvre. 1 magnifique vol. in-fol. colombier, illustré de 27 pl. à l'eau-forte tirées hors texte, et de plus de 300 gravures dans le texte. Edit. sur papier vélin et planches sur Hollande, avec cartonnage artistique. 100 fr., net . . . . 50 fr. »

Le même, papier du Japon. Au lieu de 500 fr., net. . . . . 150 fr. »

Exemplaire réservé, contenant une triple épreuve des planches avant lettre, sur Hollande et en sanguine et avant lettre sur Japon.

Le même, papier de Chine. Mêmes gravures, mêmes états. Au lieu de 300 fr., net. 100 fr. »

Exemplaire réservé.

706. ROMIEU (Marie de). **Poésies**, publiées par P. Blanchemain. 1 vol. in-16. *Librairie des Bibliophiles*. Au lieu de 80 fr., net. 30 fr. »

Exemplaire unique sur parchemin.

707. MAROT. **Œuvres** du Clément Marot de Cahors, vallet de chambre du Roy (Lyon, Scheuring 1869). 2 vol. in-8°, mar. bleu, filets, dos orné, dent. intér., tr. dor., net . 45 fr. »

Épuisé. Exemplaire numéroté, sur papier teinté, tiré à 150 exemplaires : la reliure seule vaut ce prix.

708. MARTIAL. **Paris intime**, notes et eaux-fortes. 1 vol. in-fol., d.-rel. chag., n. rog., 100 fr., net. . . . . 40 fr. »

Ouvrage entièrement tiré à l'eau-forte, à 300 exemplaires numérotés ; après le tirage les cuivres ont été détruits.

709. MAUREPAS. **Recueil** dit de Maurepas, pièces libres, chansons, épigrammes et autres vers satiriques sur divers personnages des siècles de Louis XIV et Louis XV, accompagnés de remarques curieuses du temps; publiés pour la première fois, d'après les manuscrits conservés à la Bibliothèque Impériale, avec des notices et des tables. A. Leyde, 1865. 6 vol. in-18, jolie reliure d'amateur, tête dorée avec coins. Intéressant recueil, rare aujourd'hui, net. 80 fr. »

710. MAYNARD (L'abbé). **La Sainte Vierge** (Paris, Didot, 1877). Gr. in-8°, br. Pl. 50 fr., net . . . . 25 fr. »

Tiré à 500 exemplaires sur papier à la forme.

711. MÉNARD (R.). **Fables choisies**, tirées des métamorphoses d'Ovide (Paris, Lévy, 1878). 2 vol. in-4°, d.-rel. mar., coins, tête dor., n. rogn. Figures de B. Picart, d'après Le Brun, net. . . . . 110 fr. »

712. MENDÈS (Catulle). **Pour lire au couvent.** 1 vol. in-8° illustré de 60 dessins de Métivet. Au lieu de 10 fr., net. . . . . 2 fr. 75

Le même, sur papier de Chine, contenant un dessin original ajouté, net. . . . . . 25 fr. »

713. — **La fin du fin.** 1 vol. in-32, br. Au lieu de 5 fr., net . . . . 1 fr. 75

Le même, papier du Japon, net. . 7 fr. 50

714. MERCURI (P.). **Costumes historiques** des XIIe, XIIIe, XIVe et XVe siècles, notice par Ch. Blanc (Paris, Lévy, 1860). 3 vol. in-4° en feuilles, 250 fr., net. . . . . 90 fr. »

Nombreuses planches en couleurs.

715. MEURER. **Carreaux et faïence italienne** de la fin du XVe siècle et du commencement du XVIe, d'après les dessins originaux (Paris, Quantin, 1885). 1 vol. in-folio en carton, net. . . . . 25 fr. »

Exemplaire en bon état.

716. MÉRIMÉE (Prosper) **Nouvelles. La Mosaïque**, édition ornée de 8 dessins de Aranda, de Beaumont, Bramtot, J. Le Blant, Merson, Myrbach, gravés par Le Rat, Lalauze, etc. 1 vol. in-8° écu, papier vélin de Hollande. *Librairie des Bibliophiles*. Charmant ouvrage entièrement épuisé, net. . . . . 30 fr. »

Un seul exemplaire in-8° raisin, papier de Hollande, exemplaire numéroté. Épuisé. Net . . . . 50 fr. »
Suite des 8 dessins, 20 fr., net. 10 fr. »
Avant lettre, 30 fr., net. 15 fr. »
Avant toute lettre, 45 fr., net. 22 fr. »
— sur Japon, 60 fr., net. 30 fr. »

717. MEUSNIER DE QUERLON. **Les Soupers de Daphné**, suivis des dortoirs de Lacédémone, ouvrage illustré d'une eau-forte de Lalauze en deux états avec et avant lettre. 1 vol. in-16. *Librairie des Bibliophiles*. 3 exempl. de chaque numérotés sur papier de Whatman ou Chine. Au lieu de 11 fr., net . . . 5 fr. »

718. MICHELET (J.). **Thérèse et Marianne**, souvenirs de jeunesse. Illustrations à l'eau-forte de V. Foulquier (Paris, Conquet, 1891). 1 vol. in-16, net . . . . 22 fr. »

719. MOLIÈRE. **Psyché.** Splendide vol. in-4°, impression de grand luxe, édition ornée de 6 planches hors texte et de 6 culs-de-lampe gravés par Champollion. 2 exemplaires sur papier du Japon avec quintuple épreuves des gravures hors texte et double épreuves des culs-de-lampe. Au lieu de 400 fr., net. 140 fr. »

1 exemplaire sur papier de Chine avec triple épreuve des planches. Au lieu de 200 fr., net. . . . . 70 fr. »

Exemplaires numérotés.
Suite de 6 planches gravées par Champollion, 25 fr., net . . . . 12 fr. »
Avant lettre sur Chine, 50 fr., net. 25 fr. »
— — vergé, 45 fr., net. 22 fr. »
Avant toute lettre sur Japon, 70 fr., net. . . . . 30 fr. »
Avant toute lettre sur vergé, 60 fr., net. . . . . 27 fr. »
Les 6 culs-de-lampe en premier état sur vergé, 25 fr., net. . . . . 12 fr. »
Chine, 30 fr., net. . . . . 14 fr. »
Japon, 35 fr., net. . . . . 16 fr. »

720. MOLIÈRE. **Réimpression des éditions** originales, reproduction fac-simile, publiées par L. Lacour, format in-18. *Librairie des Bibliophiles.*

Exemplaires uniques sur peau de vélin.
Le Médecin malgré luy. Au lieu de 160 fr., net. . . . . 65 fr. »
Le Sicilien. Au lieu de 100 fr., net. 40 fr. »
Monsieur de Pourceaugnac. Au lieu de 160 fr., net. . . . . 65 fr. »
Amphitryon. Au lieu de 140 fr., net. 55 fr. »
L'Avare. Au lieu de 200 fr., net. . 80 fr. »
Georges Dandin. Au lieu de 180 fr., net. . . . . 70 fr. »
Les Fourberies de Scapin. Au lieu de 140 fr., net. . . . . 55 fr. »
Les Femmes scavantes. Au lieu de 150 fr., net. . . . . 60 fr. »
Psyché. Au lieu de 140 fr., net. . 55 fr. »
Les Plaisirs de l'Isle enchantée. Au lieu de 180 fr., net. . . . . 70 fr. »

Exemplaires uniques sur parchemin.
Les Précieuses ridicules. Au lieu de 50 fr., net . . . . 20 fr. »
Le Mariage forcé. Au lieu de 50 fr., net . . . . 20 fr. »
Les Plaisirs de l'Isle enchantée. Au lieu de 90 fr., net. . . . . 36 fr. »
Le Malade imaginaire. Au lieu de 100 fr.,

net. . . . . 40 fr. »
L'Escole des maris. Au lieu de 70 fr.,
net. . . . . 28 fr. »
Psyché. Au lieu de 70 fr., net. . 28 fr. »
Les Fourberies de Scapin. Au lieu de 70 fr.,
net. . . . . 28 fr. »
Georges Dandin. Au lieu de 90 fr.,
net. . . . . 36 fr. »
Monsieur de Pourceaugnac. Au lieu de
80 fr., net. . . . . 36 fr. »
Sganarelle. Au lieu de 60 fr., net. 24 fr. »

721. MOLIÈRE. **Théâtre**, splendide édition,
ornée des dessins de Leloir, gravés à l'eau-forte
par Flameng. 8 vol. in-8°. *Librairie des Bibliophiles*. Belle édition complètement épuisée. Net. . . . . 240 fr. »
Le même, bonne reliure d'amateur, tête
dorée, non rogné, net. . . . . . . 275 fr. »
Le même, exemplaire numéroté sur grand
papier vergé, édition dite du soleil, format in-4°,
8 vol. brochés. Édition entièrement épuisée,
contenant les eaux-fortes en double état avant
et avec la lettre, net. . . . . 400 fr. »

722. MONTEIL (Edgar). **Jean-le-Conquérant**.
1 vol. grand in-8°, illustré. Papier du Japon
avec un dessin original. . . . . . . 25 fr. »

723. MONTESQUIEU. **Lettres persanes**,
illustrées de 8 dessins de Ed. de Beaumont et
portrait gravés par Boilvin. 2 vol. in-16. *Librairie des Bibliophiles*. Au lieu de 30 fr.,
net. . . . . 15 fr. »
Suite de 8 dessins d'Ed. de Beaumont et un
portrait, gravés par Boilvin, 20 francs,
net. . . . . 10 fr. »
Avant la lettre, 35 fr., net . . . . 15 fr. »

724. **Musée Élégant** (Le). Galeries publiques
de l'Europe (Paris, Lamothe). 8 vol. in-fol.,
fers spéciaux, 160 fr., net. . . . . 75 fr. »
Rome, Italie, Florence, la Russie, 2 vol. ; les Reines
du monde, la Révolution française, 2 vol.

725. MUSSET (A. de). **Nouvelles**, édition
illustrée de 1 portrait gravé par Burney et de
5 compositions de F. Flameng, gravées par
Mordant, 10 vignettes, en-tête et culs-de-lampe,
par Cartazzo et gravés par Lucas. 1 vol. in-8°,
sur papier vélin. Au lieu de 50 fr., net. 37 fr. 50

726. — **Nouvelles** (Suite de). 1 portrait gravé
par Burney d'après un portrait de famille, cinq
grandes compositions de François Flameng,
gravées à l'eau-forte par Mordant, dix vignettes
composées par Cartazzo et gravées par Lucas,
et la composition refusée pour Emmeline, des-
sinée par Flameng et gravée par Mordant, en
deux états, avec et avant lettre; ensemble
17 pièces. Epuisé, net. . . . . . . 30 fr. »

727. — **Théâtre**, superbe édition ornée des
dessins de Ch. Delort, gravés par Boilvin. 4 vol.
in-8° écu. *Librairie des Bibliophiles*. 5 exemplaires numérotés sur papier Whatman contenant une double suite des gravures avant et
avec la lettre. 200 fr., net. . . . . 95 fr. »
Le même, in-8° raisin, sur papier vélin de
Hollande, 180 fr., net. . . . . . . 54 fr. »
3 exemplaires sur papier de Chine, 360 fr.,
net. . . . . 170 fr. »
5 exemplaires sur papier Whatman, 360 fr.,
net. . . . . 165 fr. »
Exemplaires numérotés, contenant une
double suite des gravures, avant et avec la
lettre.
Suite de 16 dessins de Ch. Delort, gravés par
Boilvin, 45 fr., net. . . . . 22 fr. »
Avant lettre, 65 fr., net. . . . . . 32 fr. »

728. NADAUD. **Chansons**, illustrées de
12 jolies eaux-fortes de Edmond Morin. 3 vol.
in-16. *Librairie des Bibliophiles*. Au lieu de
40 fr., net. . . . . 10 fr. »
Sur papier de Hollande, exemplaire numéroté,
65 fr., net. . . . . 25 fr. »
Jolie suite des 12 planches de E. Morin, 24 fr.,
net. . . . . 10 fr. »
Avant lettre, 36 fr., net. . . . . . 15 fr. »
Avant toute lettre, 40 fr., net. . . 18 fr. »
Avant toute lettre sur Japon, 55 francs,
net. . . . . 25 fr. »

729. — **Contes**, récits et scènes en vers
(Paris, 1877). In-8° maroq. bleu, filets, dos orné,
large dent. int., net. . . . . 60 fr. »
Épuisé.
Illustré de 6 eaux-fortes. Ex. sur papier de Chine,
tiré à 25 exemplaires.

730. NORMAND (Charles). **La Troie d'Ho-
mère** (Paris, *L'Ami des monuments et
arts*). In-fol. en portefeuille. Quantité de planches, net. . . . . 25 fr. »

731. OUVILLE (D'). **L'Élite des Contes**.
2 vol. in-8° sur papier de Hollande. *Librairie
des Bibliophiles*. Au lieu de 40 francs,
net. . . . . 15 fr. »
Quelques exemplaires sur papier de Chine ou
Whatman, 60 fr., net. . . . . 25 fr. »
Exemplaires numérotés.

732. OVIDE. **Les Métamorphoses**, trad. par
Villenave (Paris, Gay et Guestard, 1806). 4 vol.
in-8°, d.-rel. mar. vert, coins, tr. rouges,
net. . . . . 150 fr. »
Bel exemplaire d'un livre bien illustré, contenant
144 figures par Lebarbier, Monsiau et Moreau, gravées
par Baquoy, Dambrun, Delvaux, de Ghendt, etc.

733. PAILLARD. **Croquis Algériens** à l'eau-
forte, 25 planches (Paris, 1893). In-fol. en portefeuille, 150 fr., net. . . . . 65 fr. »

734. PALUSTRE. **La Renaissance en France**
(Paris, Quantin). In-fol., br. Papier de Hollande
avec une double suite des eaux-fortes avant
lettre, sur japon; chaque livraison, 50 fr.,
net. . . . . 25 fr. »
Nord, Pas-de-Calais et Somme, Oise, Aisne, Seine-et-
Marne, Fontainebleau, Seine-et-Oise, Seine.
Le même, sur papier vélin avec une suite
des eaux-fortes sur Hollande; chaque livraison,
25 fr., net. . . . . 12 fr. »
Nord, Pas-de-Calais et Somme, Seine, Ille-et-Vilaine
Côtes-du-Nord et Finistère.

735. PERRET (Paul). **Les Demoiselles de
Liré**, roman inédit, orné de 32 illustrations en
photogravure dont 16 grandes compositions
d'après les aquarelles de Delort et Leloir. Un
beau vol. in-4°, broché. Au lieu de 60 francs,
net. . . . . 45 fr. »

736. PERRONET. **Description** des projets
de la construction des ponts de Neuilly, Mantes,
d'Orléans et autres, du projet du canal de Bourgogne et de celui de la conduite des eaux de

l'Yvette et de Bièvre à Paris (Paris, imp. Roy., 1782). 2 vol. Supplément (Paris, Didot, 1789). 1 vol., ens. 3 vol. in-fol., veau, net. 100 fr. »
Ouvrage estimé, contenant de nombreuses planches et 1 portrait.

737. Petite Collection antique, 14 vol. in-32, brochés. Exemplaire numéroté sur papier du Japon, net. . . . . 500 fr. »

Cette collection comprend :
Apulée : *L'Amour et Psyché.* — Longus : *Daphnis et Chloé.* — Mussée : *Héro et Léandre.* — Ovide : *Les Amours.* — Tatius : *Leucippe et Clitophon.* — Lucien : *Dialogues des Courtisanes.* — Virgile : *Les Bucoliques.* — *Anacréon et Sapho.* Poésies. — Apollonius de Rhodes : *Jason et Médée.* — Horace : *Odes et Epodes.* — Properce : *Les Elégies.* — Théocrite : *Les Idylles.* — Lucius : *L'Ane.* — Catulle : *Odes.*
Chacun des volumes de cette petite bibliothèque a une forme typographique inusitée; les illustrations en rapport avec le sujet. Les caractères ont été gravés pour ces volumes. Intéressante collection difficile à rencontrer complète; la plupart des volumes sont épuisés et atteignent dans les ventes publiques les prix de 40 et 50 francs.

738. PETITOT. Répertoire du Théâtre François, ou Recueil des Tragédies et Comédies restées au Théâtre depuis Rotrou... avec des Notices par M. Petitot (Paris, Didot, 1803-1804). 23 vol. in-8°, fig. par Périn, Massart, etc., v. ant. rac.
Recueil de pièces du second ordre pour faire suite aux éditions in-8° de Corneille, Molière, Regnard, Crébillon et au Théâtre de Voltaire.
Edition préférable aux suivantes, à cause du tirage des gravures. Net. . . . . . . 30 fr. »

739. PRÉVOST (l'Abbé). Histoire de Manon Lescaut et du chevalier des Grieux, édition illustrée de 6 eaux-fortes de E. Hédouin 2 vol. in-16. *Librairie des Bibliophiles.* Papier de Hollande, net. . . . . 25 fr. »
Suite des 6 pl. d'Hédouin, 13 fr., net. 6 fr. 50
Édition complètement épuisée et rare.

740. QUÉRARD. Les Supercheries littéraires dévoilées, seconde édition augmentée, publiée par G. Brunet et P. Jannet (Paris, Daffis, 1869). 3 vol. gr. in-8°, d.-rel. chag., bon exemplaire, net. . . . . 45 fr. »

741. Quinze Joyes de mariage (Les). Belle édition ornée de 21 eaux-fortes de Lalauze. 1 vol. in-16 *Librairie des Bibliophiles.* Au lieu de 30 francs, net. . . . . 15 fr. »
Le même, sur papier de Hollande, exemplaire numéroté, 50 francs, net. . . 25 fr. »
Suite de 21 planches de Lalauze, 20 francs, net. . . . . 10 fr. »
Avant toute lettre, 35 fr., net. . . 15 fr. »
— — s. Chine, 45 fr., net. 20 fr. »

742. Rettorica (La) della puttana composta conforme alli precetti di Cipriano (Villafranca, à la Sphère, 1673). Pet. in-12, mar. r., dent. int., tr. dor., non rogné, rare en cet état (Thibaron). Net. . . . . 40 fr. »
Belle édition de ce singulier ouvrage.

743. RICHEPIN (Jean). Miarka, la Fille à

l'ourse. 1 vol. in-12, broché, net . . 5 fr. »
Édition originale sur papier de Hollande. Exemplaire numéroté.

744. — Le Cadet. 1 vol. in-12, broché, couverture, net. . . . . 15 fr. »
Édition originale sur papier de Hollande. Exemplaire numéroté.

745. — Les Étapes d'un Réfractaire. 1 vol. in-32, elzévir, jolie édition d'amateur, tirée sur papier du Japon ou de Chine, net. . 15 fr. »

746. ROHAUT DE FLEURY. La Sainte Vierge, études archéologiques et iconographique. (Paris, Poussielgue, 1878). 2 volumes, in-4°, dem.-rel. chag. bl., dos orné, tête dorée, n. rog. *Nombreuses pl.* Net. 35 fr. »
Il manque la planche 93.

747. Rome dans sa grandeur, vues, monuments anciens et modernes, description, histoire, institutions, dessins d'après nature par Félix et Philippe Benoist (Paris, Charpentier). 50 livr. in-fol., 150 fr., net. . . . . 80 fr. »

748. ROUSSEAU (Jean-Jacques). Confessions. 4 vol. in-16. *Librairie des Bibliophiles.* Charmantes ill. de Hédouin, 50 fr., net. 25 fr. »
Suite de 13 planches par Hédouin, 30 francs, net. . . . . 15 fr. »
Avant la lettre, 45 fr., net. . . . . 20 fr. »
Epreuves av. t. lettre, 75 fr., net. 35 fr. »

749. — La Nouvelle Héloïse, magnifique édition illustrée par Hédouin et Lalauze. 6 vol. in-16. *Librairie des Bibliophiles.* Au lieu de 45 fr., net . . . . 22 fr. »
1 Exemplaire sur papier de Chine contenant une double épreuve des gravures avant et avec la lettre, 80 fr., net. . . . . 40 fr. »
Tirage in-8°, sur papier de Hollande, 72 fr., net . . . . 35 fr. »
7 exemplaires sur papier de Chine, avec une double épreuve des gravures, avant et avec lettre, 144 fr., net. . . . . 65 fr. »
2 exemplaires sur papier Whatman, contenant une double suite des gravures, avant et avec lettre, 144 fr., net. . . . . . . 65 fr. »
Exemplaires numérotés.
Suite des 19 planches de Hédouin, Lalauze. 25 fr., net. . . . . 12 fr. »
Avant lettre, 35 fr., net. . . . . 17 fr. »
Avant toute lettre, 55 fr., net. . 25 fr. »
— — sur Japon, 70 francs. Net. . . . . 30 fr. »
En premier état sur Japon, 225 francs, net. . . . . 100 fr. »

750. — De l'Imitation théâtrale. Le théâtre (Paris, Didot 1801). In-8°, d.-rel. v. fau., t. d'or., n. rog., net. . . . . 20 fr. »
Figures de Moreau.
On a ajouté à cet exemplaire le portrait de d'Alembert par Saint-Aubin et 12 figures de Marillier et Deveria, épreuves avant lettre.

751. SAINT-LAMBERT. Contes illustrés d'une charmante eau-forte de Lalauze, en deux états avec et avant lettre. 1 vol. in-16. *Librairie des Bibliophiles.* Sur papier de Chine ou Whatman. 5 exemplaires numérotés. Au lieu de 10 fr., net. . . . . 4 fr.

752. SARCEY (L). Comédiens et Comé-

diennes. Première série : La Comédie-Française, La Maison de Molière. — Mᵐᵉˢ Arnould Plessy, Sarah Bernhardt, Madeleine Brohant, Croizette, Favart, Jouassain, Reichemberg, Baretta, Broisat. MM. Bressant, Febvre, Regnier, Delaunay, Maubant, Thiron, Mounet-Sully, Laroche.

Deuxième série : Mᵐᵉˢ Jane Essler, Fargueil, Dinah Félix et Samary, Marie Laurent, Léonide Leblanc, Pasca, Pierson, Rousseil. MM. Barré, Coquelin cadet, Delaunoy, Dupuis, Geoffroy, Lafontaine, Saint-Germain, Worms.

Chaque série forme un magnifique volume in-8°, contenant le portrait des artistes gravés par Gaucherel et Lalauze. Les deux volumes. Au lieu de 80 fr., net. . . . . 9 fr.

Les mêmes, sur papier de Hollande, gravures av. let. Au l. de 160 fr. le vol., net. . 40 fr. »

Les mêmes, sur papier Whatman, avec une double épreuve des gravures, avec et avant let. Au lieu de 240 fr., le vol., net. . . . 80 fr. »
Exemplaires numérotés.

753. SCARRON. Le Roman comique, charm. édition illustrée de 10 eaux-fortes de Flameng. 3 vol. in-16. *Librairie des Bibliophiles*. Au lieu de 35 fr., net . . . . 17 fr. 50

1 exemplaire sur papier de Chine, gravures avant et avec let., 70 fr., net. . . . 35 fr. »

Tirage in-8°, sur papier de Hollande, 60 fr., net. . . . . 30 fr. »

1 exemplaire sur papier de Chine, 120 francs, net. . . . . 60 fr. »
Exemplaires numérotés.

Suite des eaux-fortes de Flameng, 20 francs, net. . . . . 10 fr. »

Avant lettre, 30 fr., net. . . . . . 15 fr. »

Avant toute let., 45 fr., net. . . . 20 fr. »

Epreuves en premier état, sur Japon, 140 fr., net. . . . . 60 fr. »

754. Seymour (Sketches by). London, J. C. Hotten, s. d. In-4° obl. cart., 180 caricatures lithogr., net. . . . . 40 fr. »

755. SHAKESPEARE. Œuvres complètes, traduction de François-Victor Hugo, avec une introduction de Victor Hugo. Paris, Pagnerre. 18 volumes in-8°, br. Au lieu de 90 francs, net . . . . 32 fr. »

Le même, relié, 18 tomes en 9 vol. in-8°. Belle reliure, tr. jaspées. Au lieu de 125 fr., net . . . . 65 fr. »

Le même ouvrage (édition Lemerre), s. beau papier teinté. 17 vol. in-16, elzévir. Au lieu de 85 fr., net. . . . . 45 fr. »

Le même. Reliure d'amateur, t. dor., avec coins. Au lieu de 150 fr., net. . . . 90 fr. »

Très bonne édition recommandée pour ses notes savantes et les introductions à chaque pièce, par F.-Victor Hugo.

Suite de 36 eaux-fortes pour illustrer les œuvres de Shakespeare, dessins de Pille. net. . . . . 30 fr. »

756. SILVESTRE (Armand). **Pour les Amants.** 1 v. in-32. Pap. de Ch., net. 15 fr. »

Le même ouv., pap. du Jap., net. 20 fr. »

757. SILVIO PELLICO Mes prisons, édition ornée de 7 dessins de Bramtot, gravés par Toussaint. 1 vol. in-16. *Librairie des Bibliophiles*. Au lieu de 20 fr., net. . . . 7 fr. »

Sur pap. de Hollande, 35 fr., net. 16 fr. »

5 exemplaires sur papier de Chine, 70 francs, net. . . . . 30 fr. »

7 exemplaires sur papier Whatman, gravures avant et avec lettre, 78 fr., net. . . 30 fr. »
Exemplaires numérotés.

Suite de 6 dessins de Bramtot et port. gravé. par Toussaint, 15 fr., net. . . . . . 7 fr. »

Avant lettre, 24 fr., net. . . . . . 12 fr. »

Avant toute lettre, 36 fr., net. . 17 fr. »

— — s. Jap., 45 fr., net. 22 fr. »

En prem. ét. s. Japon, 100 fr., net. 45 fr. »

758. SIMON (Jules). **Mémoires des autres**, illustrations de Noël Saunier. 1 vol. in-12, sur papier de Chine, net. . . . . 12 fr. »

759. — Nouveaux mémoires des autres, illustrations de Léandre. 1 vol. in-12, sur papier de Chine, net. . . . . 12 fr. »

760. Simon-Stevin (Brugeois) (Notice sur). Gand, Annoot-Braeckman, 1847. Imprimé sur satin ; dans le même vol. un double exemplaire imprimé sur peau de vélin. 1 volume in-18, mar. vert, filets, dos orné, dent. int., gardes moires, tranches dorées. Ravissante reliure de Petit, successeur de Simier, net. . . 50 fr. »

761. STAAL (Mᵐᵉ de). **Mémoires.** Superbe édition illustrée de 41 compositions de Lalauze. 2 vol. in-16. *Librairie des Bibliophiles*. Au lieu de 50 fr., net. . . . . 25 fr. »

1 exemplaire de chaque, sur papier de Chine ou Whatman, contenant une double épreuve des gravures avant et avec la lettre, 100 francs, net. . . . . 60 fr. »

1 exemplaire sur papier du Japon, contenant une triple épreuve des gravures, 120 francs, net. . . . . 80 fr. »

Suite des 41 eaux-fortes de Lalauze, 42 fr., net. . . . . 21 fr. »

Avant lettre, 60 fr., net. . . . . . 30 fr. »

Avant toute lettre, 90 fr., net. . . 45 fr. »

762. STERNE. Voyage sentimental en France et en Italie, jolie édition ornée de 6 eaux-fortes de Hédouin. 1 vol. in-16. *Librairie des Bibliophiles*. Edition entièrement épuisée, net. . . . . 25 fr. »

Suite des 6 planches de Hédouin, 13 francs, net. . . . . 6 fr. 50

763. — Voyage sentimental en France et en Italie ; traduction nouvelle et notice par E. Blémont (Paris, Launette, 1884). Gr. in-8° br., couverture illustrée, net. . . . . 30 fr. »

Illustrations de M. Leloir, comprenant 220 dessins dans le texte et 12 grandes compositions hors texte.

764. STRAPAROLE. Les Facétieuses Nuits, charm. ouvr. ill. de 14 des. de J. Garnier, grav. à l'eau-forte par Champollion. 4 vol. in-16. *Librairie des Bibliophiles*. Au lieu de 45 francs, net. . . . . 22 fr. 50

Sur pap. de Hollande, 75 fr., net. 30 fr. »

3 exemplaire sur papier de Chine, double épreuve des gravures avant et avec la lettre, 150 fr., net. . . . . 70 fr. »
Exemplaires numérotés.

Suite de 14 dessins de J. Garnier, gravés par Champollion. 30 fr., net . . . . 15 fr. »

Avant lettre, 45 fr., net. . . . . . 20 fr. »

Avant toute lettre, 70 fr., net. . . 30 fr. »

— — s. Jap., 90 fr., net. 40 fr. »

En prem. ét., s. Jap., 175 fr., net. 75 fr. »

765. SWIFT. **L'Art de voler ses maîtres.** 1 vol. in-16, dessin de Gill, Papier de Hollande, net. . . . . 2 fr. 50

766. TASSE. **L'Aminte,** édition ornée des dessins de Raunier, gravés à l'eau-forte par Champollion. 1 vol. in-16, papier de Hollande. *Librairie des Bibliophiles.* Au lieu de 20 fr., net . . . . 5 fr. »
3 Exemplaires numérotés, sur papier de Chine ou Whatman, 40 fr., net. . . 18 fr. »
Suite de 5 dessins de Ranvier, 5 fr., net 2 fr. 50
Avant la lettre, 8 fr., net . . . . . 4 fr. »

767. TAVERNIER. **L'Art du duel,** eau-forte de Nilius, illustrations de Blanchon, Genilloud, Gœneutte, Juzet, A. de Neuville, H. Pille, Willette. 1 vol., gr. in-8°, papier de luxe, avec double suite des eaux-fortes, net . . 25 fr. »

768. — **Amateurs et Salles d'armes de Paris,** illustrations et eau-forte de Genilloud. 1 vol. in-16, sur papier de Chine, net. . . 10 fr. »

769. TAVERNIER (J.-B). **Nouvelle relation** de l'intérieur du sérail du grand seigneur, contenant plusieurs singularitez qui jusqu'icy n'ont point esté mises en lumière (Paris, Clouzier, 1675. In-4°, mar. rouge, jans., dent. intér., tr. d., net . . . . 45 fr. »
Joli portrait, titre gravé et belle planche.

770. TAYLOR (Baron). **Les Pyrénées** (Paris, Gide, 1843). In-8°, maroq. vert, dentelles sur les plats, dos orné, dentelles intér., tr. dorées, net . . . . 30 fr. »
Exemplaire du relieur Lebrun qui a frappé ses initiales sur les plats du volume ; il y a ajouté un autographe du baron Taylor, où celui-ci le félicite de ses reliures :
« J'ai le plus grand plaisir à vous exprimer ma satisfaction des reliures que vous venez d'achever pour moi. Pour vous perfectionner dans un art dont vous connaissez déjà si bien les secrets, il faut étudier les reliures du temps de François II, Henri III, de Louis XIII, de Henri IV, etc. »

771. THÉOCRITE. **Les Idylles,** charmante édition, ornée des compositions d'Em. Lévy, gravées à l'eau-forte par Champollion. 1 vol. in-16, papier de Hollande. *Librairie des Bibliophiles.* Au lieu de 20 fr., net . . 5 fr. »
Exemplaires numérotés sur papier de Chine ou Whatman, 40 fr., net. . . . . . 18 fr. »
Suite de 5 dess. d'E. Lévy, 5 fr., net 2 fr. 50
Avant la lettre, 8 fr., net. . . . . . 4 fr. »
Epreuves en premier état, sur Japon, 40 fr., net . . . . 20 fr. »

772. THEURIET (André). **Nos Oiseaux,** superbe édition, ornée de 20 aquarelles de Giacomelli. Magnifique volume in-4°, imprimé sur beau papier vélin.
En cartons. Au lieu de 300 fr., net. 170 fr »
Demi-reliure en maroquin avec coins, tête dorée, non rogné, net. . . . . . . 240 fr. »
Riche reliure en maroquin bleu, ornement sur le plat du volume, dentelles intérieures, tranches dorées, gardes en satin, net. 300 fr. »

773. Tintamarre (Le). Critique de la réclame, satire des puffistes, 5 janvier 1868 au 28 décembre 1884, en 16 vol. in-fol., cart., net 60 fr. »
Suite intéressante de cet amusant et comique journal.

774. Trophea, marii de bello cymbr. putat. ad. aed. d. (Cuseb Komal, s. d.). In-fol. maroq.

grenat, dos orné, filets, tr. dor., dent. intér., net. . . . . 40 fr. »
Très bel exemplaire d'un curieux ouvrage de trophées antiques, planches montées sur onglets.

775. UZANNE. **Contes pour les bibliophiles,** magnifique volume, gr. in-8°, illustré de 300 gravures en noir et en couleurs, de Robida, couverture de G. Auriol.
Exemplaires numérotés. Au lieu de 25 fr., net . . . . 16 fr. 50

776. — **Contes de la vingtième année. Bric-à-brac de l'amour. Calendrier de Vénus. Surprises du cœur.** Un beau volume, gr. in-8°, décorations en camaïeu par E. Courboin, frontispice de Vierge, interprété à l'eau-forte par Massé. Exemplaire numéroté, sur vélin, satin d'Ecosse. Au lieu de 20 fr., net. . . 15 fr. »

777. VADÉ. **La Pipe cassée,** poème épitragipoissardihéroïcomique (Paris, Leclerc, 1866). In-8°, d.-rel. amateur, maroq. Laval., tête dor., n. rog., net . . . . 25 fr. »
Tiré à 200 exemplaires. Exemplaire avec la suite des figures d'Eisen en deux états, sur papier Whatman, en noir et sanguine.

778. VAUX (Baron de). **Les Hommes de Sport,** préface par A. Dumas, illustrations de A. Marie, Yvon, Detaille, Caran d'Ache, Berne, Bellecour. Beau volume, gr. in-8°, tirage numéroté sur papier de Chine, avec double suite des figures tirées en bistre, net. 40 fr. »
Sur papier du Japon, net. . . . . 30 fr. »

779. — **Les Femmes de Sport,** préface de A. Houssaye, illustrations de Saint-Pierre, de Liphart, Desmoulins. 1 vol. gr. in-8°, papier de Chine, net . . . . 40 fr. »
Le même ouvrage, sur papier du Japon, net. . . . . 30 fr. »

780. — **Les Tireurs au pistolet,** préface de Guy de Maupassant, illustrations de Berne, Bellecour, Manet, Régamey. 1 vol. in-8°, papier de Chine, net. . . . . 40 fr. »
Le même ouvrage, p. du Japon, net 30 fr. »

781. **Vie élégante.** Beaux-arts, modes, sport, littérature, voyages (Paris 1882). 2 v. gr. in-8°, cart., fers spéciaux, 60 fr., net . . . 20 fr. »
Nombreux dessins de Robida, Mars, Jean Béraud, etc. Frontispice de Rops.

782. VIGNY (Alfred de). **Servitude et grandeur militaire,** éd. ornée de 6 dessins de J. Le Blant et un portrait gravés par Champollion. 1 vol. in-8° écu, papier vélin de Hollande. *Librairie des Bibliophiles* . . . . . 30 fr. »
Charmante édition, complètement épuisée.
Suite de 6 dessins de J. Le Blant et portrait gravés par Champollion, 20 fr., net 10 fr. »
Avant la lettre, 30 fr., net. . . . 10 fr. »

783. VOLTAIRE. **Romans,** édit. ornée de 12 eaux-fortes de Laguillermie, *Librairie des Bibliophiles.* 5 v. in-16, 45 fr., net 22 fr. 50
Suite de 12 planches de Laguillermie, 25 fr., net. . . . . 12 fr. »
La même, avant la lettre, 40 fr., net. 20 fr. »
— Av. toute lettre, 65 fr., net. 32 fr. »
— suite sur pap. Japon, 80 fr., net . . . . 35 fr. »

784. WEBER. **Histoire universelle depuis les temps les plus reculés jusqu'à nos jours.** 13 v. in-18, bonne reliure, tranch. jaspées. Au lieu de 63 fr., net . . . . 32 fr. »

Très bon ouvrage de bibliothèque ; l'auteur expose, dans un style élégant et sans parti pris ni partialité, l'existence historique des peuples anciens et modernes, et leur évolution par le développement progressif de la civilisation.

785 YANN-NIBOR. **Chansons et Récits de mer,** préface de P. Loti, illustrations de Couturier. 1 v. in-12, sur papier du Japon, net. 12 fr. »

786. — **Nos Matelots,** préface de J. Claretie, illustrations de Couturier et Ginot. 1 v. in-12, pap. du Japon, net. . . . . 12 fr. »

787. ZOLA (Emile). **L'Argent.** 1 vol. in-12, broché, couverture. Edition originale, sur pap. de Hollande, exempl. numéroté, net 15 fr. »
Le même, sur pap. du Japon, net. 20 fr. »

788. — **La Débâcle,** dessins de Jeanniot. 1 vol. gr. in-8°, sur pap. de Hollande, net. . 15 fr. »
Le même ouvrage, sur papier de Chine, net : . . . . 30 fr. »

789. — **La Faute de l'abbé Mouret,** illustrations de Biéler, Conconi, Gambard. 1 v. in-12, papier du Japon, net . . . . 18 fr. »

790. — **La Bête humaine.** 1 vol. in-12. br., couverture, net . . . . 20 fr. »
Édition originale sur papier de Hollande, exemplaire numéroté.

791. — **Le Docteur Pascal.** 1 vol. in-18, édition originale, papier de Hollande et numéroté, net . . . . 12 fr. »
Le même, papier Japon . . . . . 18 fr. »
— sur papier du Japon avec une aquarelle originale de Sta, net. . . 25 fr. »

792. — **L'Œuvre.** 1 vol. in-12, broché. couverture, net . . . . 20 fr. »
Édition originale sur papier du Japon, exemplaire numéroté.

793. — **Lourdes.** 1 vol. in-12, broché. couverture. Edition originale sur papier de Hollande, exemplaire numéroté, net . . . . 15 fr. »
Le même, sur pap. du Japon, net. 20 fr. »

794. — **La Terre,** illustrations de Duez, Rochegrosse. Un beau vol. in-8° sur papier de Hollande, avec un dessin original ajouté, net. 25 fr. »

795. — **Pot-Bouille,** édition illustrée, par G. Bellenger, Kauffmann. 1 vol. in-8°, papier de Hollande, net . . . . 15 fr. »

796. — **Une Page d'amour,** édition ornée de 10 dessins de Ed. Dantan et un portrait par Duvivier. 2 vol. in-8° écu. *Librairie des Bibliophiles.* Un seul exemplaire sur papier de Chine. Au lieu de 98 fr., net . . . . 40 fr. »
7 exemplaires sur papier Whatman, 90 fr., net . . . . 40 fr. »
Exemplaires numérotés, contenant une double suite des gravures avant et avec lettre.

Le même, in-8° raisin, sur pap. vélin de Hollande, 75 fr., net. . . . . 27 fr. »
Sur papier Whatman avec gravures avant et avec la lettre, 150 fr., net. . . . . . 65 fr. »
Exemplaires numérotés.
Suite de 18 dessins de Dantan et un portrait gravés par Duvivier, 28 fr., net . . 13 fr. »
Avant la lettre, 40 fr., net. . . . . 18 fr. »
Avant toute lettre, 60 fr., net . . 25 fr. »
— — s. Japon, 80 f., net 35 fr. »
Epreuves en premier état sur Japon, 150 fr., net. . . . . 70 fr. »

MAGNIFIQUES PUBLICATIONS

CHARMANTES ÉDITIONS DE NOS MEILLEURS CONTEURS.

Exemplaires numérotés sur papier de Hollande ; tous ces ouvrages brochés contiennent les jolies illustrations d'après DUPLESSIS-BERTAUX.

797. **Contes et Nouvelles** en vers, par Voltaire, Vergier, Senecé, Perrault, Moncrif et le P. Ducerceau (1878). 2 v. in-8°, 50 fr., net. 20 fr.
— *Le même,* sur papier de Chine, 70 fr., net. . . . . 30 fr. »
— *Le même,* 2 vol. in-16, 30 fr., net. 15 fr.

798. NOGARET. **Le Fond du Sac,** recueil de contes en vers (1879). 2 volumes in-8°, 50 fr., net. . . . . 20 fr. »
— *Le même,* 2 vol. in-16, 30 fr., net. 15 fr.

799. VOLTAIRE. **La Pucelle d'Orléans,** poëme en vingt et un chants (1880). 2 vol. in-8°, 60 fr., net. . . . . 25 fr. »
— *Le même,* 2 vol. in-16, 30 fr., net. 15 fr.

ÉDITIONS DE BIBLIOPHILES

Ces ouvrages tirés à petit nombre, sont sur papier de Hollande, de Chine ou du Japon ; quelques-uns contiennent des dessins originaux. — Chaque volume in-12 broché, au lieu de 18 et 20 fr. . . . net. 7 fr.

800. — BERTIN (G). **Madame de Lamballe,** d'après des documents inédits. 1 vol.

801. CAHU (Théodore). **L'Ami des Jeunes filles.** Illustrations de Henriot. 1 vol. orné d'un dessin original.

802. — **Le Bataillon des Hommes à poil.** 1 vol. illustré, dessin original ajouté.

803. — **Russes et Autrichiens,** dessins de Job. 1 vol. orné d'un dessin original.

804. CHERVILLE (Marquis de). **Nouveaux contes d'un Coureur des bois.** Illustrés par Mlle Horber. 1 vol. avec un dessin original.

805. GONZALÈS (Emmanuel). **Les Caravanes de Scaramouche,** suivies de Giangurgolo et de Maître Ragueneau. 1 vol. avec une suite des eaux-fortes de Guérard. Avant lettre, sur Japon et sur Chine.

806. HERMANT (Abel). **L'Amant exotique.** Illustrations de Jeanniot, Merwart et Willette. 1 vol.

807. MALOT (Hector). **Mariage riche.** Illustrations de Duez, Fraipont et Jeanniot. 1 vol.

808. MENDÈS (Catulle). **Le Soleil à Paris.** Illustrations de Métivet. 1 vol. avec un dessin original.

809. — **Le Bonheur des autres**. 1 vol. illustré par Métivet, avec un dessin original.

810. LEROY (Charles). **Le Colonel Ramollot**, édition illustrée à laquelle on a ajouté un dessin original. 1 vol.

811. — **La Foire aux Conseils**, eau-forte et illustrations de Ferdinandus. 1 vol. Exemplaire avec un dessin original ajouté.

812. — **Guibollard et Ramollot**. Illustrations de Uzès. 1 vol. Exemplaire avec un dessin original ajouté.

813. — **Les Gaietés bourgeoises**. Illustrations de Steinlein. 1 vol. Dessin original ajouté.

814. — **Nouveaux exploits du Colonel Ramollot**. Illustrations et eau-forte. 1 vol. Exemplaire avec un dessin original ajouté.

815. PRADELS (Octave). **Contes joyeux** et Chansons folles. Illustrations de Kauffmann. 1 vol. Exemplaire avec un dessin original ajouté.

816. PRESSE JUDICIAIRE PARISIENNE (La). **Contes du Palais**. 3 vol. illustrés. Chaque volume se vend séparément et est orné d'un dessin original.

817. SAULIÈRE (Auguste). **Ce qu'on n'ose pas dire**. 1 vol. in-12 br., orné d'eaux-fortes et vignettes de Henri Somm, en double état avant lettre, sur Japon et sur Chine.

818. SILVESTRE (Armand). **Le célèbre Cadet-Bitard**. Illustrations de Fraipont. 1 vol. Exemplaire auquel on a ajouté un dessin original.

819. — **Contes à la brune**. Illustrations de Kauffmann. 1 vol. Dessin original ajouté.

OUVRAGES SUR PAPIER DE HOLLANDE, CHINE OU JAPON

Exemplaires tirés à petit nombre, la plupart numérotés. On a ajouté des dessins originaux à quelques-uns de ces volumes. — Chaque volume, in-12, broché, au lieu de 12 et 15 fr., net. **4 fr. 50**

820. ARMELIN (G.). **La Gloire des vaincus**, poésies patriotiques. 1 vol.

821. ASSELINE (Alfred): **Victor Hugo intime**. 1 vol. Exemplaire auquel on a ajouté un autographe de Victor Hugo.

822. AUDOUARD (Olympe). **Pour rire à deux**. Illustrations de Coll-Toc, Clérice. 1 vol.

823. — **Silhouettes parisiennes**, 31 portraits. 1 vol.

824. BENIGNE (Ange). **Les Audacieuses**, illustrations et eau-forte de Bauduin. 1 vol. avec un dessin original ajouté.

825. — **Femmes et Amoureuses**, illustrations et eau-forte de Kauffmann. 1 vol., dessin original ajouté.

826. BOUCHOR (Maurice). **Le Faust moderne**. 1 vol. br., couverture.

827. BOURGET (P.). **Un Cœur de Femme**. 1 vol. broché, couverture.

Edition originale, exemplaire numéroté.

828. BRIO (Carolus). **Par-dessus les Moulins**. 1 vol. illustré.

829. CAHU (Th.). **Le Régiment où l'on s'amuse**, illustrations de Henriot. 1 vol.

830. — **Loulette en voyage**, Egypte, Constantinople, Vienne, Berlin. 1 vol.

831. DRUMONT (Edouard). **La France juive devant l'opinion**. 1 vol.

832. EMÉRIC (le Comte). **Problème de sentiment**, avec une lettre de A. Dumas fils, illustrations de Tiret-Bognet. 1 vol.

833. FLAUBERT. **La Tentation de Saint Antoine**. 1 vol. broché. Exemplaire numéroté.

834. GINISTY (Paul). **Paris à la Loupe**. 1 vol. illustré par Henriot, avec un dessin original ajouté.

835. GONCOURT (Ed. et J. de). **Sopie Arnould**, d'après sa correspondance et ses mémoires inédits. 1 vol.

836. GAUTIER (Th.). **Guide de l'Amateur au Musée du Louvre**, suivie de la vie et les œuvres de quelques peintres. 1 vol. br.

837. HERVILLY (Ernest d'). **Timbale d'histoires à la Parisienne**. 1 vol. illustré par Félix Régamey, avec un dessin original ajouté.

838. LANUSSE (l'abbé), aumônier de l'Ecole militaire de Saint-Cyr. **Les Héros de Camaron**. 1 vol.

839. — **L'Heure suprême à Sedan**. 1 vol.

840. — **Vingt minutes dans la vie d'un peuple**. 1 vol.

841. LECOY DE LA MARCHE. **L'Esprit de nos aïeux**. Anecdotes tirées des manuscrits du XIIIᵉ siècle. 1 vol.

842. **Mémoires d'un fusil**, par Ch. Diguet. 1 vol.

843. **Marie-Antoinette aux Tuileries**, 1789-1791, par Imbert de Saint-Amand. 1 volume in-12.

844. MAIZEROY (René). **Celles qui osent**, illustrations de Kauffmann. 1 vol., dessin original ajouté.

845. — **Billets de logement**. 1 vol.

846. — **La Joie d'aimer**, illustrations de Besnier. 1 vol., avec dessin original.

847. — **Lalie Spring**. 1 vol.

848. MALOT (Hector). **Complices**. 1 vol., dessins de Lanos.

849. — **Amours de Jeunes**, couverture aquarelle de José Roy. 1 vol.

850. — **Amours de Vieux**, couverture aquarelle de José Roy. 1 vol.

851. MICHELET. **Rome**, préface de Mme Michelet. 1 vol.

852. MOINAUX (Jules). **Le Monde où l'on rit.** 1 vol. illustré, dessin original ajouté.

853. **Causes grasses et Causes salées**, illustrations de L. Cottin. 1 vol., avec un dessin original ajouté.

854. **Les Tribunaux comiques**, illust. 1 vol.

855. MENDÈS (Catulle). **Monstres Parisiens**, eau-forte et illustrations de Besnier. 1 vol.

856. POTHEY (Alexandre). **Le capitaine Régnier**, illustrations et eau-forte de Kauffmann. 1 vol., dessin original ajouté.

857. **La Muette**, illustrations et eau-forte de Kauffmann. 1 volume, avec un dessin original ajouté.

858. **Les Amours de Bidoche.** 1 volume.

859. ROGER-MILÈS. **Les Heures d'une Parisienne.** 1 volume.

860. **La Cité de misère**, préface de Sully Prudhomme, 26 dessins de Breauté, Lambert, Merwart. 1 volume.

861. RENARD (Jules). **Poil de Carotte.** 1 vol.

862. SILVESTRE (Armand). **En pleine fantaisie**, illustration de Beauduin. 1 volume.

863. **Histoires belles et honnestes**, illustrations et eau-forte de Kauffmann. 1 volume.

864. **Pour faire rire**, illustrations et eau-forte de Kauffmann. 1 volume.

865. **Théâtre de campagne.** Sixième série : H. Bocage, P. Delair, P. Deroulède, E. Desbeaux, P. Ferrier, E. D'Hervilly, Legouvé, E. Verconsin, etc. 1 vol.

866. THILDA (Jeanne). **Péchés capiteux.** 1 vol. illustré par Besnier, dess. original ajouté.

867. VAST-RICOUARD. **Pour ces Dames**, eau-forte et illustrations de Kauffmann. 1 vol. avec un dessin original ajouté.

868. VIOLLET-LE-DUC. **Les Églises de Paris**, suivi du Panthéon, par E. Quinet. 1 vol. illustré.

869. VIRGILE. **Œuvres**, précédées d'une notice par Pessonneaux. 2 vol. br.

Charles LEROY. — Les Aventures du major Van Trouspet. 1 vol. illustré par Clérice. — Le colonel Ramollot. 1 vol. illustré par de Sta, F. Regamey, Hanriot, Moloch; le *même ouvrage*, illustré par Uzès. — Les S'crongnieugnieu du colonel Ramollot. 1 vol. illustré par Uzès. — Les Faits et Gestes du sergent Roupoil. 1 vol. illustré par Draner. — Les Finesses de Pinteau, planton du colonel Ramollot. 1 vol. illustré par Uzès. — Les Fredaines du commandant Vermoulu. 1 vol. illustré par Draner. — Les Malheurs du capitaine Lorgnegrut. 1 vol. illustré par Uzès. — Les Passe-temps du caporal Verdure. 1 vol. illustré par Draner. — Madame Flercadet, cantinière au régiment du colonel Ramollot. 1 vol. illustré par Clérice. — La Foire aux Conseils. 1 vol. illustré par Ferdinandus.

Chaque volume, broché, sur Japon, Chine ou Hollande, au lieu de 15 et 20 fr., net. **4 fr. 50**

ATLAS
DES

GRANDES OPÉRATIONS MILITAIRES
DES GUERRES DE FRÉDÉRIC II
Par le Général JOMINI
Suivi de LLOYD, Atlas de la Guerre de Sept Ans..

32 cartes avec texte réunies dans un carton, format in-folio, au lieu de 25 fr. . . . net. **6 fr.**

Batailles de Molwitz, de Czalau, Hohenfrieberg, de Soor. Combats de Lowositz, de Reichenberg. Batailles de Prague, de Kollin, de Rosbach, Breslau, de Gross-Jœgersdorf, de Leuthen, de Creveld, de Zorndorf, de Hohenkirch, d'Hastenbeck, de Bergen, de Volinghansen, de Wilhemstal, de Cunersdorf, de Minden, de Kay ou de Zullichau. Combat de Maxen. Affaire de Landshut. Bataille de Lignitz. Combat de Reichenbach. Batailles de Fryberg, de Torgau, de Lowositz, de Prague, de Chotzemitz, de Rosbach, de Breslaw, de Lissa, de Jagersdorf. Plan des attaques de Schweidnitz. Carte d'Allemagne pour les opérations de la Guerre de Sept ans.

ATLAS
DES

PRINCIPES DE LA STRATÉGIE
Par le Prince CHARLES
Traduit de l'allemand, par le Général JOMINI.

12 cartes réunies en un carton, format in-folio, au lieu de 20 fr. . . . . net. **5 fr.**

Plan pour les opérations de la Lahn et de la Sieg. 1796. Affaire de Malsch. Batailles de Neresheim, d'Amberg et combats de Teningen et de Neumarck. Batailles de Wurzbourg, de Biberach, d'Emmendingen. Affaire de Schliegen. Plan du siège de Kehl. Siège du pont de Huningue. Carte du théâtre de la guerre en Allemagne, 1796.

REPRODUCTION FAC-SIMILE
DES
ÉDITIONS ORIGINALES DE MOLIÈRE
Publiées par L. LACOUR.
Format in-18 raisin. Tirage à 300 ex. papier vergé, au lieu de 7 et 8 fr., net . . . . **1 fr. 25**

LE MALADE IMAGINAIRE.
LES FASCHEUX.
LE SICILIEN
MONSIEUR DE POURCEAUGNAC
AMPHITRYON.
L'AVARE.

GEORGES DANDIN.
LES FOURBERIES DE SCAPIN.
LES FEMMES SÇAVANTES.
PSYCHE.
LES PLAISIRS DE L'ISLE ENCHANTÉE.

LES PETITS CHEFS-D'ŒUVRE
(COLLECTION DES BIBLIOPHILES)
Collection comprenant les petites œuvres des grands écrivains. Ces beaux volumes in-16 ont été imprimés
avec beaucoup de soin sur papier de Hollande, et édités aux prix de 3, 4 et 5 fr.
Nous vendons chaque ouvrage, net . . . **1 fr.**

LA SERVITUDE VOLONTAIRE, de La Boétie.
CONTES D'HAMILTON, publ. par M. de Lescure : *Le Bélier, Fleur d'Épine, Les Quatre Facardins, Zeneyde.* 4 vol., se vendant séparément.
VOYAGE DE CHAPELLE ET DE BACHAUMONT, publié par D. Jouaust.
LE MÉCHANT, de Gresset, publ. par G. d'Heylli.
LE TEMPLE DE GNIDE, de Montesquieu.
VOYAGE EN LAPONIE, de Regnard.
LA CHAUMIÈRE INDIENNE, suivie du *Café de Surate.*
LETTRES PORTUGAISES, publiées par A. Piedagnel.
LA GASTRONOMIE, de Berchoux.
LA METROMANIE, de Piron.
LE DIABLE AMOUREUX, de Cazotte.
LA DOT DE SUZETTE, de Fiévée.
MÉMOIRES DE PERRAULT.
LETTRES DE Mlle AISSE.
OURIKA, de Mme de Duras.
MADRIGAUX DE LA SABLIÈRE.
ÉDOUARD, de Mme de Duras.
CLAVIJO, de Beaumarchais.
LE PHILOSOPHE SANS LE SAVOIR, de Sedaine.
Mlle DE CLERMONT, de Mme de Genlis.
CONTES D'HÉGÉSIPPE MOREAU, suivis de poésies diverses, publ. par A. Piedagnel.
RÉFLEXIONS SUR LE DIVORCE, de Mme Necker.

DISCOURS SUR LES PASSIONS DE L'AMOUR, de Pascal.
CONSEILS A UNE AMIE, de Mme de Puysieux.
ŒUVRES CHOISIES DE GILBERT.
RÊVERIES DU PROMENEUR SOLITAIRE, de J.-J. Rousseau, suite des *Confessions.*
CHANSONS D'HÉGÉSIPPE MOREAU.
MÉMOIRES D'UN JEUNE ESPAGNOL, de Florian.
LE GLORIEUX, de Destouches.
LA COUPE ENCHANTÉE, de La Fontaine et Champmeslé.
EST-IL BON ? EST-IL MÉCHANT ? comédie de Diderot.
FABLES DE FÉNELON.
MADEMOISELLE DE COMBES, de Fléchier.
LES MATINÉES DU ROI DE PRUSSE.
LA CHERCHEUSE D'ESPRIT, de Favart.
LETTRES DU PRINCE DE LIGNE A LA MARQUISE DE COIGNY.
MÉMOIRES DE VOLTAIRE.
LE CERCLE, OU LA SOIRÉE A LA MODE, de Poinsinet.
DISCOURS DE LA MÉTHODE, de Descartes.
ŒUVRES CHOISIES DE DORAT.
DU CONTRAT SOCIAL, de J.-J. Rousseau.
LA SURPRISE DE L'AMOUR, de Marivaux.
PAROLES D'UN CROYANT, de Lamennais.
ANECDOTES SUR LE MARÉCHAL DE RICHELIEU, de Rulhière, publ. par E. Asse
ŒUVRES CHOISIES DU CHEVALIER DE BONNARD.

BIBLIOTHÈQUE DU CHASSEUR
(COLLECTION DES BIBLIOPHILES)
Cabinet de vénerie, publié par MM. E. JULLIEN, P. LACROIX et MARTIN-DAIRVAULT.
Tirage à 500 ex. sur papier de Hollande. Chaque volume, au lieu de 5, 6 et 7 fr., net . . . **1 fr. 75**

LE BON VARLET DE CHIENS, publ. d'après un manuscrit inédit de la Bibliothèque de l'Arsenal
LE LIVRE DE L'ART DE FAUCONNERIE ET DES CHIENS DE CHASSE, de Guill. Tardif (1492). 2 vol.
LA CHASSE ROYALE, de H. Salel, et le DÉBAT ENTRE DEUX DAMES sur le passe-temps des chiens et des oiseaux, de G. Cretin. Deux poèmes.
LE LIVRE DU ROI DANCUS.
LA CONFÉRENCE DES FAUCONNIERS, de d'Arcussia (1644).

LA MUSE CHASSERESSE, par Guill. du Saule (1611). 1 vol.
LE LIÈVRE, de Simon de Bullandre (1585). 1 vol.
NOUVELLE INVENTION DE CHASSE, pour prendre et oster les loups de France, par Louys Gruau (1613).
LES GRANDES CHASSES AU XVIe SIÈCLE, par le comte H. de La Ferrière. 1 vol. in-16.
L'ÉGLISE ET LA CHASSE, par Gourdon de Genouillac. 1 vol.

LES CHEFS-D'ŒUVRE INCONNUS
Très belle collection, publiée par M. PAUL LACROIX. — Superbe impression (Collection des bibliophiles).
Chaque volume contient une eau-forte de Lalauze, au lieu de 5 et 6 fr., net. **1 fr. 50**

TOMBEAU DE Mlle DE LESPINASSE, par d'Alembert et Guilbert.
ANECDOTES LITTÉRAIRES DE VOISENON.
VEILLÉES D'UN MALADE, de Villeterque.
LES PORCHERONS, poème poissard.
CONTES DE SAINT-LAMBERT.
BAGATELLES MORALES, de l'abbé Coyer.
L'AMITIÉ DE DEUX JOLIES FEMMES, suivi du *Rêve de mademoiselle Clairon,* par Mme d'Epinay.
LES SOUPERS DE DAPHNE, suivis des *Dortoirs de Lacédémone,* de Meusnier de Querlon.

LES PROMENADES A LA MODE (Paris au dix-huitième siècle).
LES CONFESSIONS DU COMTE DE ***, par Ch.-P. Duclos. Préf. par Eugène Asse.
ALMANACH DES BIZARRERIES HUMAINES, de Bailleul, Préf. par A. Aulard.
VOYAGE A MONTBARD, de Hérault de Séchelles, Préf. par A. Aulard.
ARLEQUIN PLUTON, comédie de Th. de Gueullette.

BIBLIOTHÈQUE RÉCRÉATIVE
Publiée par V. DEVELAY.
Format in-32 carré. Impression de luxe sur pap. de Hollande. Chaque vol., au lieu de 1, 2 et 3 fr., net. **35 c.**

ÉRASME : Le Mariage.
— Caron.
— L'Alchimie.
— Le Pèlerinage.
— L'Accouchée.
— L'Union mal assortie.
— Les Obsèques séraphiques.
— L'Enterrement.
— L'Opulence sordide.
— Les Hôtelleries.

ÉRASME : L'Abbé et la Savante.
— Le Soldat et le Chartreux.
— Le Naufrage.
— Le Repas anecdotique.
— L'Entretien des vieillards.
— Le Chevalier sans cheval.
— Les Mendiants riches.
— Le Cyclope.
— Le Revenant.
JEAN SECOND : Julie (poème).

JEAN SECOND : Odes.
— Le Palais de la Richesse.
PÉTRARQUE : Griséldis.
— Mon Secret, ou du Conflit de mes passions (Couronné par l'Académie française). 3 vol.
— Epître à la Postérité et Testament.
— Ascension au mont Ventoux.
— Sophonisbe (épisode du poème de l'Afrique).

SUPERBE COLLECTION DE FUSAINS
Vendus avec un rabais considérable

Il ne nous reste qu'un nombre très restreint de ces fusains qui sont destinés à être augmentés successivement.

Toutes ces planches, reproduction exacte des originaux, peuvent servir à la fois de modèles pour les Artistes et les Amateurs, ou bien à la décoration des Appartements en faisant encadrer les plus jolis sujets. Chaque planche mesure environ 19 × 12. Au lieu de 1 fr. 50, net. **50** cent.

1 **SMITH**. Paysage d'hiver, effet de neige.
2 — En route pour la chasse.
3 — Pêcheur en bateau.
4 — Les bords du grand lac.
5 — Les chevreuils sous le Chêne-aux-Roches.
6 — La mare aux canards.
7 — Le pont du village.
8 — Une péniche au repos.
9 — L'Etang de Chaville.
10 — Bords de rivière.
11 — L'église de village, effet de neige.
12 — Bouquet d'arbres au bord du fleuve.
13 — Un lavoir en rivière.
14 **LALANNE**. Etude de fleurs.
15 **SMITH**. La sortie du hameau.
16 — Les hirondelles sous les saules.
17 — Un clocher de campagne, effet de neige.
18 — La rivière des Roches.
19 — Pêcheurs à la ligne.
20 — Etude d'arbres et d'eau.
21 **LALANNE**. Un coin de parc.
22 **SMITH**. Rivière au milieu du hameau.
23 — Pêcheurs aux cascades.
24 — Un ravin.
25 — Lavandière.
26 **DE LAUNAY**. L'attente du carrosse.
27 **SMITH**. Le petit pont.
28 — La maison du garde.
29 — Bords d'étang.
30 — Chevreuils au guet.

31 **SMITH**. Un pigeonnier.
32 — Un reflet dans la rivière.
33 — Sous bois.
34 — Etudes d'arbres sous brouillard.
35 — Souvenirs de Normandie.
36 **ALLONGE**. Un coin sauvage.
37 **SMITH**. La pêche en rivière.
38 — Chemin des Roches.
39 — Un arbre bien courbé.
40 **DECHINIA**. Paysage.
41 **SMITH**. Solitude.
42 — A la ferme.
43 — Joli pâturage.
44 — Passant le pont.
45 — Cascade de Cernay.
46 — Promenade solitaire.
47 **ALLONGE**. Près du moulin.
48 **APPIAN**. Les bords du Rhône.
49 **ACKER**. Paysage.
50 **SMITH**. Une allée.
51 — Etude d'arbres, l'hiver.
52 — La rivière d'Arques, à Dieppe.
53 — Etang de Gisors.
54 **APPIAN**. Marine.
55 — Marine.
56 — Un pêcheur isolé.
57 — Paysage.
58 — Etude d'arbres.
59 — Un canal bien bordé.
60 — Route de Gênes.

GRAND CHOIX
D'ÉTUDES DE TÊTES, D'ACADÉMIES, DESSINS DE GENRE, ÉTUDES D'ANIMAUX, ETC.
Chaque planche mesure environ 34 × 20. Au lieu de 2 fr. 50, net. **75** cent.

61 **ALLONGÉ**. La mare aux roseaux.
62 — Etude de chardons.
63 — Etude d'après nature.
64 — Sous bois.
65 — Etude d'arbre et eau.
66 **CABANEL**. Etude de femme.
67 **ALLONGE**. En forêt.
68 — Cour de ferme.
69 — Le moulin.
70 **CABANEL**. Un moine, étude.
71 **ALLONGE**. Effet de neige.
72 **BOUGUEREAU**. Etude de têtes d'enfants.
73 — Etude d'enfant vu de dos.
74 **ALLONGE**. En forêt à Fontainebleau.
75 **OCTAVE SAUNIER**. Portail de l'église de Moret (S.-et-M).
76 **CABANEL**. Etude d'un faune et d'une bacchante dansant.
77 **DE VAUX**. Portrait du général Chanzy.
78 **PILLE**. Le guet passant.
79 **MILLOT**. Etude de lions et tigres.
80 **GRANDCHAMP**. Bonne promenade ? **Merci.**
81 **VAUTHIER**. Inondation à Bercy.
82 — Le port de Nantes.
83 **PRUDHON**. Andromaque et Pyrrhus.
84 **DEBRAS**. Etude de tête.
85 **APPIAN**. Ruisseau de Roussillon (Ain).
86 — Souvenirs de la guerre.
87 — Sous bois.
88 — Route de montagne.
89 — Les Roches.
90 — L'étang de Chevallot.

91 **MAZEROLLE**. Etude d'hommes.
92 **APPIAN**. Etude d'arbres et roches.
93 — Environs de Rochefort, marine.
94 **BRASCASSAT**. Nature morte.
95 **JACQUELIN**. Tête de moine.
96 **APPIAN**. Sur la lisière du bois, en Dauphiné.
97 **DEBRAS**. 3 croquis, étude de têtes.
98 **LALANNE**. 6 croquis de voyage.
99 **VIGNAL**. Marine.
100 **DESJEUX**. Cour de ferme.
101 **ROLL**. L'Agriculture.
102 **KARL-ROBERT**. Pêche à la ligne.
103 **DETAILLE**. Le billet de logement.
104 **MAZEROLLE**. Le Commerce.
105 **KARL-ROBERT**. Etude d'après nature.
106 **MERY**. Etude de coq.
107 **KARL-ROBERT**. Sous bois, à Cernay.
108 — Sous bois, soleil de juillet.
109 **BOULANGER**. Etude de femme tenant une lyre.
110 **STEVENS** et **GERVEX**. Panorama de l'histoire du siècle (Napoléon).
111 — Portrait de l'histoire du siècle (Charles X).
112 **BENNER**. Etude de pivoine.
113 **KARL-ROBERT**. La passe de l'hirondelle.
114 **PHOTOGRAPHIE**. Exposition du blanc et du noir, salle 1.
115 — Id., salle 2.
116 — Id., salle 3.
117 — Id., salle 4.

118 LHERMITTE. Avril.
119 ITTARA. Rendez-vous.
120 VIGNAL. En Tunisie.
121 GRANSIRE. Pâturage à Cour-Cheverny.
122 PUVIS DE CHAVANNE. Etude de tête de femme.
123 SERENDAT DE BELZIN. Souvenir d'Enghien, lui et elle.
124 — Souvenir d'Enghien, elle et lui.
125 REGNAULT. Etude de chiens.
126 SIMON. Etude de rochers.
127 SMITH. Bords de l'Epte, à Gisors.
154 — Sentiers Saint-Charles, près Gisors.
155 MATHYLD-AUBAY. A Pierrefonds.
156 VEYRASSAT. Chevaux à l'abreuvoir.
157 SMITH. Etang de Gisors.
158 — La rivière d'Arques, à Dieppe.
160 REMY. Pins parasols. Cannes.
161 — Les Palmiers Menton.
162 BACK-WATCH. 42e highlanders.
163 — Scène d'intérieur (peinture).
164 — Etude d'arbres et roches.
166 MIRIEL. Le pont de la Caille.
167 COTTIN. Les Préférés, coq et poules.
168 DORMOIS. La cité de Carcassonne.
169 MAZEROLLE. Trois études.
170 PUVIS DE CHAVANNE. Etude d'homme et femme (antique).
171 LEBRUN. Tête de jeune fille (étude).
172 BOULANGER. Tête d'étude.
173 LALANNE. Salon aux environs de Londres.
174 ROBERT MALS. Marine.
175 — Un baptème chez les Gaulois.
176 CABANEL. Femme tenant une corbeille.
177 KARL-ROBERT. Vaches à l'abreuvoir.
178 CHARLES HUOT. Fileuse.
179 BARILLOT DE CLERMONT. Croquis d'animaux.
180 YVON. Intérieur de famille.
181 GASTON ROULLET. Village de Tourane (Annam).
182 LEVY. Deux académies.
183 HENNER. Idylle.
185 PUVIS DE CHAVANNE. Mercure.
187 SIMON. Les roseaux.
188 COTTIN. Coq, poule et poussins.
189 H. LE ROUX. Etude de femme assise.
190 FOUCHER. Sentier du bord du bied.
191 BENNER. Etude de fleurs.
193 MIHIEL. Vue prise d'Aix, la Montagne.
194 GERICAULT. Taureaux en fureur.
195 LE ROUX. Deux vestales.
196 MONFALLET. La souris sous le buffet.
197 BOUGUEREAU. Enfant tenant un glaive.
198 MIRIEL. Le grand Casino.
199 — Aix-les-Bains.
200 PUVIS DE CHAVANNES. Etude.
202 LEFEBVRE. Tête de femme (étude).
203 BOULANGER. Femme à genoux (étude).
204 MIRIEL. Un vallon.
205 — Rivière et coteau boisé.
206 GIACOMELLI. Sur le gazon.
207 BUTIN. Pêcheuse.
208 DAVID MILLET. Sabotier.
209 GERICAULT. Un nègre à cheval.
210 MIRIEL. Promenade du Grand-Port (Savoie).
211 — Etablissement thermal d'Aix-les-Bains.
212 LE ROUX. Vestale (étude).
213 ACKER. Fossés de forteresse à Petro Pawlosk.
214 SERENDAT DE BELZIM. Douce pensée.
215 THIRION. Etude de pied et de main.
216 MIRIEL. Villa des Fleurs, à Aix-les-Bains.
217 — Sentier et rivière de Savoie.
218 LAPOSTOLET. Un coin de port.
219 BOULANGER. Etude de femme riant.
220 — Effet de neige.
221 DEBRAS. En méditation.
223 LALANNE. Le château de Pierrefonds.
224 BILLEL. Campagne de Rome.
225 BRIET. Etude d'après nature.
226 CRESPELLE. Marine.
227 PERRINQUIERE. Rendez-vous de chasse.
228 DUCARUGE. Environs de Grenoble.
229 LESSIEUX. Chêne foudroyé, environs de Tournay.
230 DESJEUX. Bords de la Vanne, près Sens.
231 VIGNAL. Vue de parc.

233 DUNKI. Etat-major de l'armée suisse en grandes manœuvres.
234 DORMOIS. Porte des Pêcheurs, Strasbourg.
235 DUPLESSIS-DESTOUCHES. La fontaine de Neptune.
236 POTIER DE LA VARDE. Effet de matin.
237 PHOTOGRAPHIE. Forêt de Fontainebleau.
238 — Forêt de Fontainebleau.
239 LALANNE. Pont rustique.
240 — Deux portraits antiques.
241 JACQUELIN. L'esclave.
242 DIEN. Sous bois.
243 FRANCAIS. Etude d'arbres.
244 DUVIVIERS. La victime du réveillon.
245 GRIGNY. J'adjuge ! Hôtel Drouot.
246 NORBLIN. Portrait de Femme.
247 DORMOIS. Une vue de ville.
248 THIRION. Etude d'homme tirant un câble.
249 BARRIAS. Tête de saint.
250 SERENDAT DE BELZIM. Vue d'Enghien.
251 BEAUMETZ. Croquis militaires.
252 *** Printemps de bois.
253 CABANEL. Etude d'homme à genoux.
255 PRUDHON. Tête d'amour.
256 DORMOIS. Château de Lassay (Mayenne).
257 KARL-ROBERT. La sortie du buisson (panneau décoratif).
257 bis. — Le ruisseau (panneau décoratif).
258 DUCARUGE. Les bords du Furens, effet de neige.
259 KARL-ROBERT. Les bords de la Sarthe, à Alençon.
260 DUCARUGE. Les bords de l'Ain (Loire), neige.
261 PHOTOGRAPHIE. Forêt de Fontainebleau.
262 MAZEROLLE. Œdipe-Roi (dessin).
263 WAFFIER. Etude d'après nature.
264 — Femmes au lavoir.
265 MADELEINE. L'herbage de la Croûte-Benzeval.
266 THIBAULT. Un coin de parc.
267 POTIER DE LA VARDE. Vallon de St-Pair (Manche).
268 CHOLLET. Le bois des Tourterelles, près Lussac.
269 CROEMBADE. Sous bois.
270 SIMON. Bords de rivière.
271 PUVIS DE CHAVANNES. Deux hommes assis (étude).
272 PRUDHON. L'Emulation donne l'essor à l'étude.
273 MIRIEL. Villa des Tourelles (Savoie).
274 BARZAGHU. Moïse descendant du mont Sinaï.
275 DONZEL. Eventail Louis XV.
276 LESSIEUX. Un parc en Saintonge.
277 BARLIBAN. Vivier.
278 VIGNAL. Saint-Malo à marée basse.
279 HANOTEAU. Etude d'arbres.
280 KARL-ROBERT. Sous les arbres.
281 COTTIN. Poule et ses poussins.
282 KARL-ROBERT. Sous bois.
283 HANOTEAU. Etude de lavis.
284 DORMOIS. Vue d'un château de Bretagne.
285 LE HOUX. A Fontainebleau.
286 ACKER. Le parc de Péterhof.
287 PERVINGUIERE. Chiens d'équipage.
288 LYONNEL ROYER. La pensée.
289 MICHEL. Joueur d'orgue.
290 PHOTOGRAPHIE. Ile de Billancourt.
291 LALANNE. Intérieur de parc.
292 SIMON. Sous bois, près Beaufort.
293 KARL-ROBERT. Porte normande.
294 DUMONTET. Souvenirs du Berry.
295 VIGNAL. Vue prise dans le parc de Fresne.
296 CABANEL. Etude de femme couchée sur des marches.
297 KARL-ROBERT. C'est mon bateau.
298 COSMANN. Intérieur suisse.
301 MADELEINE. Le bief du moulin à Beuzeval.
303 PHOTOGRAPHIE. Une rue de Paris, un café.
304 KARL-ROBERT. L'île aux Orties (Bas-Meudon).
305 NORBERT-GANEULTE. A la porte du restaurant (la Soupe).
306 GRIVAZ. Premier aveu.
307 MONTARGIS. La fumée de la chaumière.
309 THOMAS. Relais de chasse.
310 CUZON. Italienne (étude).
311 CABANEL. Etude d'homme au bras levé.
312 APPIAN. Un canal.
313 BURGERS. Le vilain ! scène d'intérieur.
314 MIRIEL. Environs d'Aix-les-Bains.
315 GRISON. Réparation à l'armement.

316 **ROLL**. Etude de femme	328 **GRADES**. Chantier de Lormont, près Bordeaux.
317 **LESSIEUX**. Souvenirs du Généralife, à Grenade.	330 **BOUGUEREAU**. Tête de vierge.
320 **MIRIEL**. Le Thillet et le bois de Lamartine, Aix-les-Bains.	331 **BARADOU**. Un lavoir aux environs de Niort.
321 **KARL-ROBERT**. Un hêtre, forêt de Fontainebleau.	332 **BOULANGER**. Etude d'homme frappant l'enclume.
322 **MIRIEL**. Un ouragan.	333 — Etude d'homme frappant un fer chaud.
323 **PRODHON**. La fileuse.	334 **CLAIRIN**. Etude de femme drapée.
324 — Têtes d'études.	338 **PUVIS DE CHAVANNES**. Composition.
325 **ROLL**. Etude d'homme piochant.	340 **ALLONGE**. Un paysage.
327 **BOUTRY**. Palais du Frang, à Bruges.	341 — Marine.

Fusains de MM. Allongé, Appian, Lalanne, Miriel, Smith, etc.

Cette collection comprend des reproductions de dimensions différentes, mais en général chaque planche est de 40 × 28.

Prix de chaque planche, au lieu de 4 fr., net.   **1 fr.**

343 **LALANNE**. L'escalier du presbytère.	704 **LALANNE**. Dans un parc.
346 **THIEROT**. Le pont des rochers.	705 — Rue Traversine, vieux Paris.
347 **MIRIEL**. Etablissement thermal d'Aix-les-Bains.	706 — Poterne du château de Chacenay (Aube).
348 — Avenue de Marlioz.	708 — Un reflet.
349 — Le grand Casino.	709 — Etude de chaumes.
350 — Aix-les-Bains.	710 — Pont rustique, parc de Mme de Balzac.
351 — Pont de la Caille, près Annecy.	711 — Souvenirs de la Suisse.
353 — Vallée de la Haute-Savoie.	712 — A Quimper (Finistère).
354 — Villa des Fleurs, Aix-les-Bains.	713 — Près Concarneau (Finistère).
355 — Allée des Soupirs, Aix-les-Bains.	714 — Port-Louis, près Lorient.
357 **ALLONGÉ**. La descente du vallon.	715 — Fruits et feuilles.
358 **PHOTOGRAPHIE**. Paysage, peupliers et rivière.	716 — Canal Saint-Martin, près Pont Sainte-Maxence.
359 **LESSIEUX**. Buste d'un faune dans un parc.	717 — Un vieux puits à Colombe.
360 **CICERI**. Paysage.	719 — Entrée du parc de Nointel (Seine-et-Oise).
362 — Bord d'un étang.	721 — Port de Bordeaux.
363 **DE MENVEL**. La tentation du moine.	722 — Intérieur d'église.
366 **MAZEROLLE**. Nouveau plafond du Théâtre-Français.	724 — Bords de la Gelise (Lot-et-Garonne).
367 **ALLONGE**. Rochers et bords de mer.	725 — Calle Sierpe-Seville,
368 — Bords de rivière.	725 *bis*. — Un coin de parc.
369 — Le soir dans la campagne.	776 — Ruines d'un château.
701 **LALANNE**. La saulée.	777 — Allée d'un parc.
702 — Rocs et ronces.	778 — Vieille maison.
703 — Etude de fabrique.	779 — Sous bois.
	780 — Escalier rustique.

Fusains par Allongé et Lalanne.

Format 35 × 28. Prix de chaque planche, au lieu de 4 fr., net . . . .   **1 fr. 25**

623 **ALLONGÉ**. Un lac, composition.	650 **ALLONGÉ**. Abords d'une carrière à l'Isle-Adam.
624 — Etude de ciel.	651 — Entrée d'un hameau.
625 — Paysage, d'après nature.	652 — Coucher de soleil.
626 — Fin d'une allée.	654 — Rochers dans la forêt.
627 — Bords de marais, Bretagne.	727 **LALANNE**. Falaise avec barque échouée.
628 — Allée sous bois.	728 — Vue d'une vieille tour et église.
629 — Une allée aux environs de Chevreuse.	729 — Une allée du jardin de l'Elysée, Paris.
630 — Bords de l'Yère à Crosne.	731 — Etude de ciel.
631 — Val d'Enfer à Avallon.	732 — Fossés du château de Neuvic (Dordogne).
632 — Un bouleau mort.	733 — La rivière d'Yère à Brunoy.
633 — Rochers à Fontainebleau.	734 — Almeira (Espagne).
634 — Eclaircie sous bois.	735 — Eglise de Beaumont, vue prise de Nointel.
636 — Bords de l'Oise.	736 — Vue de Bordeaux.
637 — Chargement d'une péniche.	737 — Une tourelle à Quimper (Finistère).
639 — Entre deux îles.	738 — Vue de Malaga.
640 — Souvenirs de Normandie.	740 — Port de Pont-Avenc (Finistère).
641 — Souvenirs de Bretagne.	741 — Vue prise à Auray (Morbihan).
642 — Bords de l'Oise à l'Isle-Adam.	742 — La baie des Trépassés (Finistère).
643 — Le moulin.	743 — Intérieur de ferme.
644 — Coucher de soleil.	744 — La naumachie, parc Monceau, Paris.
645 — Etude de chardons.	745 — Clair de lune dans les Pyrénées.
646 — Débarcadère.	746 — Eglise de Nointel (Seine-et-Oise).
647 — Saule à Montgeron.	747 — Vue de Courcelle, prise de Presle.
648 — Etang de Rueil.	749 — Une solitude.
649 — Vue d'Hyères.	750 — Intérieur rustique.

Fusains grand format, par Allongé, Lalanne, Appian, Hennequin, Barthélemy, etc.

Format 50 × 18. Prix de chaque planche, au lieu 5 fr., net. . . .   **1 fr. 75**

370 **MIRIEL**. Paysage, effet de neige.	376 **DE NAENTHE**. Pont rustique dans les Pyrénées.
371 — La rivière des pêcheurs.	379 — Une rivière, effet de nuit.
372 **ALLONGE**. Les gros saules.	380 — Reconnaissance militaire, effet de nuit.
373 **COINORE**. Quai de Battant, Besançon.	381 **QUEYROY**. Souvenirs de la Gaule.
375 **DE NAENTHE**. Une vue des Pyrénées.	383 — Tapisserie décorative.

384 **MIRIEL.** Entrée du port de Marseille (éventail).
389 **BOGOLUBOFF.** — Une vue de Saint-Pétersbourg, la nuit.
396 **BETBEDER.** Combat naval, effet de nuit.
397 — Combat naval de 2 vapeurs.
401 **APPIAN.** Environs de Monaco.
402 — Bateaux au port.
403 — Départ des bateaux-pêcheurs.
404 — Lac d'Arendon.
405 — Rochers au bord du lac.
406 — En Égypte.
412 — L'étang des roseaux.
413 — Route de Gênes.
501 **HENNEQUIN.** Pins d'Italie, dans l'Estarelle (Var).
503 — Le torrent de Vaulongue.
505 — Les vieux chênes.
506 — Le chêne du pendu.
509 — Prairie de la Horgne.
602 **ALLONGÉ.** Effet de soleil sous bois.
603 — Saulée à Mériel.
604 — Étang de Chaville.
605 — Allée dans un parc.
608 — Panneau décoratif.
609 — Panneau décoratif.
610 — Au bord de la Marne.

611 **ALLONGÉ.** Aperçu de château.
612 — Vue de la ville du Puy.
613 — Sous les saules.
616 — Panneau décoratif.
617 — Panneau décoratif.
619 — Étude de roches.
620 — Allée sous bois.
621 — Le gros chêne.
622 — Arbre et marais.
751 — **LALANNE.** Rocher de Beuzec (Finistère).
752 — Fribourg pris du pont de Gotteren.
753 — Vue d'Auray (Morbihan).
755 — Troncs de sapins (Pyrénées).
757 — Aux bords d'un étang, parc de Mme de Balzac.
758 — Les ormeaux de Cenon, près Bordeaux.
759 — La citadelle de Besançon (Doubs).
760 — Vue générale de Fribourg (Suisse).
762 — Incendie dans le port de Bordeaux, 1869.
764 — Parc du marquis de Mesgrigny, à Villebertin.
766 — Un pied de tabac.
767 — Bordeaux, vue prise des Chartrons.
768 — Platane, parc de Mme de Balzac.
769 — Vue de Paris, prise du Trocadéro.
770 — Composition historique.
772 — Ruines du château de Pierrefonds.
774 — Rue Kériou, à Quimper (Finistère).

VINGT-CINQ DESSINS EN COULEURS
D'après FRANÇOIS BOUCHER
ÉPREUVE AVANT LETTRE
Fac-simile d'après Thornley. Ces magnifiques planches sont réunies en carton-portefeuille.
Au lieu de 150 fr., net. . . . . **32** fr.

Nous vendons séparément. Épreuves avant lettre, en sanguine. Chaque planche, format 30 × 40.
Au lieu de 5 fr., net . . . . **75** c.

1. Femme nue étendue sur des draperies.

2. Femme nue sortant du bain.

3. Une Femme nue tenant les flèches d'un Amour assis à ses côtés.

4. Femme nue assise au bord d'un étang.

BONNES OCCASIONS
L'Abbé PRÉVOST
MANON LESCAUT
Préface par GUY DE MAUPASSANT
Superbe volume de luxe, format in-8°, orné de 12 compositions hors texte, par Leloir et 212 compositions en haut de chaque page; filets rouges (édition Launette). Riche volume d'amateur, dans une belle reliure très fraîche en satin, avec plaque en or sur le plat, tête dorée. . . . . net. **10** fr.
Le même ouvrage, in-4° broché. Texte anglais. Au lieu de 60 fr. . . . . net. **20** fr.

André THEURIET
LA VIE RUSTIQUE
Compositions et dessins de L. Lhermitte, gravures sur bois de C. Bellenger. Magnifique volume in-4° broché.
Au lieu de 40 francs, net. **20** fr.
Exemplaires numérotés sur papier vélin.

AFFAIRE SPÉCIALE
CANTIQUES D'AMOUR
12 superbes planches de Maurice Neumont, préface de A. Houssaye, poésies de A. Dumas, A. Silvestre, Catulle Mendès, Jean Richepin, Theuriet, P. Arène, R. Maizeroy, Desparbès, A. Dorchain, J. Aicard, E. Boucher, R. de Montesquiou. 1 album in-folio, au lieu de 3 fr. 75, net . . . . **2** fr. **25**
Il ne nous reste que quelques exemplaires de choix sur papier du Japon, tiré à petit nombre, au lieu de 15 fr., net. . . . . **6** fr. **»**

EN VENTE

LES DERNIERS EXEMPLAIRES

DES

GALERIES HISTORIQUES DE VERSAILLES

Cette magnifique collection, publiée par CHARLES GAVARD, est la reproduction de tous les tableaux du Musée de Versailles; elle comprend environ 2.300 grandes planches : Batailles, Portraits, Cérémonies, Sculptures, Peintures, Meubles et Ornements, qui décorent le palais ainsi que les extérieurs et les jardins.

L'ouvrage complet forme 19 volumes grand in-folio, texte et planches en feuilles non brochés et réunis en carton-portefeuille, titre or sur chaque volume.

Au lieu de 3.600 fr., net. . . . **1.000** fr.

Il nous reste un seul exemplaire du même ouvrage, gravures avant la lettre.

Au lieu de 6.000 fr., net. . . . **2.000** fr.

AVIS. — Nous ne possédons plus que 7 exemplaires de cette importante collection qui est destinée à disparaître prochainement du commerce, et afin d'en faciliter l'achat, nous informons les Bibliothèques et MM. les Amateurs que nous les autorisons à nous régler à leur convenance par échéances trimestrielles.

Le poids de cette collection étant de 150 kilogrammes, les envois seront faits en caisse par **petite vitesse** et franco de port pour la FRANCE.

Il nous reste également quelques exemplaires de la petite édition, format petit in-folio, 14 volumes en carton, au prix de **360** fr.

OCCASIONS	# MUSÉE DE VERSAILLES	OCCASIONS

LES GALERIES HISTORIQUES DE VERSAILLES

Forment le plus splendide monument élevé à la gloire de la nation française. Le roi Louis-Philippe Ier, voulant perpétuer et rendre ce monument impérissable, fit reproduire par nos meilleurs artistes les chefs-d'œuvre de peinture et de sculpture de ce vaste musée. De ces superbes planches gravées sur acier, il ne nous en reste que quelques exemplaires.

AVIS. — Ces collections étant vendues avec un rabais considérable, nous nous réservons d'en augmenter successivement le prix.

BATAILLES ET COMBATS

Chaque période est réunie dans un album, titre en or, format 36 × 49.

DE CLOVIS A CHARLES VI (496 à 1145)

Album de 32 planches. Au lieu de 48 fr. . . . . net. **12 fr.**

Bataille de Tolbiac. Assemblée tenue à Bonneuil par Clotaire II. Bataille de Tours. Charlemagne dicte des capitulaires. Charlemagne reçoit la soumission de Witikind. Bataille de Fontenay. Combat de Brissarthe. Eudes fait lever le siège de Paris. Levée du siège de Salerne. Bataille de Civitella Combat de Ceramo. Henri de Bourgogne reçoit l'investiture du Portugal. Bataille sous les murs de Nicée. Baudouin s'empare d'Edesse. Prise d'Albare. Prise de Marrah. Bataille sous les murs d'Antioche. Prise d'Antioche. Combat de Harenc. Godefroy de Bouillon élu roi de Jérusalem. G. de Bouillon suspend au Saint-Sépulcre les trophées d'Ascalon. Tancrède prend Bethléem. Prise de Jérusalem. Bataille d'Ascalon. Assises du royaume de Jérusalem. Prise de Tripoli. Funérailles de Godefroy de Bouillon. Institutions des ordres de Saint-Jean de Jérusalem et du Temple. Prise de Tyr. Raymond du Puy fait prisonnier des Turcs. Eugène III reçoit les ambassadeurs du roi de Jérusalem.

DE PHILIPPE LE BEL A CHARLES VIII (1304 à 1495)

Album de 26 planches. Au lieu de 39 fr. . . . . net. **9 fr.**

Bataille de Mons-en-Puelle. Prise de Rhodes. Etats-généraux de Paris et Compiègne. Bataille de Cassel. Les chevaliers de Saint-Jean rétablissent la religion. Bataille de Cocherel. Prise de Châteauneuf de Randon. Mort de Duguesclin. Bataille de Rosebecque. J. Molay prend Jérusalem. Boucicaut fait lever le siège de Constantinople. Jeanne d'Arc présentée à Charles VII. Levée du siège d'Orléans. Prise de Jargeau. Sacre de Charles VII. Entrée des Français à Paris. Bataille de Bratelen Entrée des Français à Bordeaux. Bataille de Castillon. Défense de Beauvais. Levée du siège de Rhodes. Entrée de Charles VIII à Naples. Mariage de Charles VIII. Entrée de Charles VIII à Hacquapendente. Bataille de Seminara et de Fornou.

RÈGNES DE LOUIS XII ET LOUIS XIII (1498 à 1643)

Album de 41 planches. Au lieu de 60 fr. . . . net . **15 fr.**

Clémence de Louis XII. Bayard au Garigliano. Etats-généraux de Tours. Bataille d'Aignadel. Prise de Brescia. Bataille de Ravennes. Chapitre de l'Ordre de Saint-Jean à Rhodes. Bataille de Marignan. François Ier la nuit de la bataille. Mort de Léonard de Vinci. Entrevue du Camp du Drap d'or. Entrée des Chevaliers de Saint-Jean à Viterbe. A. de Harlay aux barricades. L'Ordre de Saint-Jean prend possession de Malte. Bataille de Cerisolles. Combat de Renty. François Ier à La Rochelle. Etats-généraux de Paris. Prise de Calais. Bataille de Thionville Levée du siège de Malte. Institution de l'Ordre du Saint-Esprit. Entrée de Henri IV à Paris. Bataille d'Ivry. Henri IV présente Crillon à sa cour. Henri IV reçoit les chevaliers du Saint-Esprit. Combat de Fontaine-Française. Assemblée des notables. Prise du fort de Montmélian. Signature du traité de paix de Vervins. Les plans du Louvre déployés devant Henri IV. Fondation de la Martinique. Combat de Veillane. Bataille d'Avein. Anne d'Autriche et ses enfants. Christine écoute une démonstration de Descartes. Bataille de Lerida. Mort de Louis XIII.

RÈGNE DE LOUIS XIV (1643 à 1672)

Album de 42 planches. Au lieu de 63 fr.. . . . . net. **15 fr.**

Bataille de Roi. Siège de Trino. Bataille de Fribourg. Bataille de Llorens. Siège de Dunkerque. Bataille de Lens. M. Molé aux barricades. Sacre de Louis XIV. Louis XIV reçoit son frère chevalier du Saint-Esprit. Bataille des Dunes. Le roi entre à Dunkerque. Prise de Gravelines. Arrivée d'Anne d'Autriche dans l'île des Faisans. Entrevue de Louis XIV et Philippe IV. Mariage de Louis XIV. Les clefs de Marsal remises au roi. Renouvellement d'alliance entre la France et la Suisse. Réparation faite au roi au nom d'Alexandre VII. Fondation de l'Observatoire. Prise de Charleroi L'armée campée devant Tournay et siège de Douai. D'Oudenarde. Entrée de Louis XIV à Arras, à Douai. Siège de Lille. Combat près du canal de Bruges. Baptême du Dauphin. Prise de Dôle. Le roi visite les Gobelins. Prise d'Orsoy. Siège de Rhimberg. Prise de Rées. Prise de Sauten. Passage du Rhin. Prises d'Utrecht, de Nimègue. Siège de Naerden.

RÈGNES DE LOUIS XV ET LOUIS XVI (1719 à 1789)

Album de 29 planches. Au lieu de 43 fr. . . . . net. **12 fr.**

Bataille de Denain. Sacre de Louis XV. Prises de Philipsbourg, de Prague, de Menin. Bataille de Coni. Entrée de Louis XV à Strasbourg. Bombardement de Fribourg. Sièges de Fribourg, de Tournay. Bataille de Fontenoy. Siège d'Ath. Bataille de Lawfeld. Sièges de Berg-op-Zoom, de Maestricht, de Port-Mahon. Batailles d'Hastembeck, de Lutzelberg, de Johannisberg. Siège d'York-Town. Publication du Traité de Paix entre la France et l'Angleterre. La Pérouse reçoit les instructions de Louis XVI. Louis XVI abandonne les droits sur les laissés de mer. Le roi distribue des secours. Procession des États-généraux. Ouverture des États-généraux.

CAMPAGNES DE LA RÉPUBLIQUE (1792-1793)

Album de 28 planches. Au lieu de 42 fr . . . . net. **12 fr.**

La garde nationale part pour l'armée. Bataille de Valmy. Prises de Chambéry, de Villefranche. Levées du siège de Lille, de Thionville. Reprise de Longwy. Entrée de l'armée française à Mayence. Prise de Francfort. Combat de Boussul. Bataille de Jemmapes. Entrée des Français à Mons. Combat dans les défilés de l'Argone. Combats d'Anterlecht et de Varoux. Siège de Namur, Prises de Bréda et de Gertruydenberg. Combat de Tirlemont. Prise du camp de Perullé. Combat du Mas de Rez. Batailles de Hondschoote et de Peyrestortes. Entrée des Français à Moutiers. Siège de Toulon. Bataille de Wattignies. Combat de Gillette. Prise de Menin.

CAMPAGNES DE LA RÉPUBLIQUE (1796)

Album de 33 planches. Au lieu 50 fr. . . . . net. **14 fr.**

Vue de Nive. Bonaparte reçoit les drapeaux enlevés à l'ennemi. Arrivée des Français à Albenga. Vue de Savonne. Combat de Voltri. Le colonel Rampon défend la redoute de Montelegino. Bataille de Montenotte. Entrée des Français à Carcare. Attaque du château de Cossaria. Prise des hauteurs de Monte-Zemolo. Prises de Dego, de Ceva, des hauteurs de Saint-Michel. Bataille de Mondovi. Prise de Fossano. Entrée des Français à Alba Pompeïa, à Coni. Passage du Pô. Bataille de Lodi. Prise de Bignasco. Bataille d'Altenkirchen. Passage du Rhin. Combat de Salo. Batailles de Lonato et de Castiglione. Prise du château de la Pietra. Combat de Lavis. Prise de Primolano. Siège de Mantoue. Passage de la Brenta. Bonaparte au pont d'Arcole. Bataille d'Arcole.

CAMPAGNES D'ESPAGNE ET D'AUTRICHE (1808 à 1810)

Album de 33 planches. Au lieu de 48 fr . . . . net. **14 fr.**

Combat de Somo-Sierra. Napoléon et Alexandre à Erfurth. Napoléon prescrit aux députés de Madrid de lui apporter la soumission du peuple. Capitulation de Madrid. L'armée française traverse le Guadarrama. Napoléon à Astorga. Combat de la Corogne. Combat devant la Corogne. Bataille et fin de la bataille d'Oporto. Combat de Tann. Napoléon arrangue les troupes bavaroises et wurtembourgeoises. Bataille d'Eckmuhl. Combats de Ratisbonne, d'Ebersberg et bivouac de Napoléon. Attaque de Vienne. Passage du Tagliamento. Vue de l'Escaut. Bataille d'Essling. Combat de Mautern. Bataille de Raab. Bataille et bivouac de Napoléon sur le champ de bataille de Wagram. Combats d'Hollabrunn, de Znaïm. Bataille d'Ocana. Arrivée de Marie-Louise à Compiègne. Mariage de Napoléon et Marie-Louise. Siège de Lerida.

RÈGNES DE LOUIS XVIII ET CHARLES X (1814 à 1828)

Album de 16 planches. Au lieu de 24 fr. net. **7 fr.**

Louis XVIII. Napoléon s'embarque pour revenir en France. Louis XVIII quitte les Tuileries. Sépulture de Napoléon. Combat des Avenos. Prises du Trocadéro, de Pampelune. Combat de Puerto de Moiavete. Entrée de Charles X à Paris. Sacre de Charles X. Revue de la garde nationale. Entrevue du général Maison et d'Ibrahim-Pacha. Prises de Patros, de Coron et du château de la Morée.

RÈGNE DE LOUIS-PHILIPPE Ier (1830 à 1840)

Album de 34 planches. Au lieu de 47 fr. . . . . **14 fr.**

Signature de la Lieutenance générale du royaume. Le duc d'Orléans allant à l'Hôtel de ville et son arrivée. Lecture de la proclamation du Lieutenant général du royaume. Le duc d'Orléans reçoit le 1er régiment de hussards. La Chambre des députés présente la Charte au duc d'Orléans. Le roi prête serment. La reine visite les blessés de Juillet. Le roi distribue les drapeaux à la garde nationale. Bivouac de la garde nationale. Entrée de l'armée française en Belgique. Occupation d'Ancône. Le roi au milieu de la garde nationale. Mariage du roi des Belges. Siège d'Anvers, attaque de la citadelle. Le duc de Nemours au siège d'Anvers. Prise de la lunette St-Laurent. Combat de Doel, la garnison hollandaise met bas les armes. Funérailles des victimes du 28 Juillet. Le prince de Joinville visite un village maronite. Reconnaissance devant le fort d'Uiloa. Le prince de Joinville attaque la maison du général Arista à Vera-Cruz. Combat de la Vera-Cruz. Incendie de Péra à Constantinople. Funérailles de Napoléon. Chapelle de St-Louis, à Tunis.

COMBATS MARITIMES (1325 à 1694)

Album de 35 planches. Au lieu de 52 fr. . . . . net. **15** fr.

Prise d'Episcopia. Prise du château de Smyrne. Bataille d'Embro. Prise de l'île de Wight. Victoire des Français devant Brest. Doria disperse la flotte espagnole. J. Cartier remonte le St-Laurent. D'Espineville de Harfleur brûle une flotte hollandaise. Levée du siège de Rhé. Prise de La Rochelle. Combat de St-Vincent. Les Espagnols chassés du port de Roses. Combat de Carthagène. Combat devant Tarragone. Combat de Barcelone. Combat d'un vaisseau contre quatre vaisseaux Anglais. Combat de La Goulette. Combats entre Nevis et Redonde, de Sole-Bay, de Texel, de la Martinique, en vue de Stromboli, devant Palerme. Prise d'Augusta. Combat de Chio. Bombardement d'Alger et de Gênes. Combat d'un vaisseau contre trent-cinq galères d'Espagne. La Salle découvre la Louisiane. Bombardement de Tripoli et d'Alger. Combat de la baie de Bantry. Bataille de Beveziers. Combat de Lagos. Expédition de Malaga et de Coëtlogon à Gibraltar. Abordage d'un vaisseau hollandais par Jean Bart.

COMBATS MARITIMES (1696 à 1800)

Album de 34 planches. Au lieu de 49 fr. . . . . net. **14** fr.

Combat dans la mer du Nord. Nesmond prend trois vaisseaux Anglais. Pointis attaque sept vaisseaux anglais. Bombardement de Carthagène. Prise d'un vaisseau hollandais. Neuf vaisseaux français prennent quinze hollandais. Coëtlogon prend quatre vaisseaux hollandais. Combat du Ch. de St-Pol. Bataille de Malaga. Combat livré aux Anglais par le Ch. de St-Pol. Combat livré par Des Augers aux Hollandais. Combat dans la Manche du cap Lezard. M. de L'Aigle prend sept vaisseaux. Prise de Rio-Janeiro. Combat de l'*Intrépide*. Prise de Port-Mahon. Combat de la *Belle-Poule*. Combat d'*Ouessant*. Combat de la *Concorde* contre la *Minerve*, de la *Junon* contre le *Fox*, du *Triton* contre le *Jupiter*. Combat de la *Minerve* contre quatre bâtiments anglais. Combat de l'île de Grenade. Combat de la *Surveillante* contre *Le Quebec*. Combat d'une division Française contre une escadre Anglaise. Combats en vue de la Dominique et de la Praye, en vue de Negapatam. Combat contre l'*Argo*. Combat en vue de Gondelour. Combat de la *Bayonnaise* contre l'*Embuscade*. Débarquement de Bonaparte à son retour d'Egypte. Défense de Gênes.

SALLE DE CONSTANTINE. 15 TABLEAUX D'HORACE VERNET

Format grand in-folio. Splendides épreuves. Au lieu de 40 fr. . . . . net. **15** fr.

La salle de Constantine. La flotte française force l'entrée du Tage. Entrée de l'armée Française en Belgique. Attaque de la citadelle d'Anvers. Occupation d'Ancône. Combat de l'Habrah. Prise de Bougie, Combat de la Sickak. Combat en avant de Somah, Siège de Constantine. Prise du fort St-Jean d'Ulloa. Combat de l'Affroun, Prise du Feniah de Mouzaïa.

GALERIE DES BATAILLES (496-1807)

Album de 33 planches magnifiques, format grand in-folio. Au lieu de 46 fr., net. **14** fr.

Batailles de Tolbiac, de Tours. Charlemagne reçoit la soumission de Witikind. Eudes fait lever le siège de Paris. Batailles de Bouvines, de Taillebourg, de Mons-en-Puelle, de Cassel, de Cocherel. Levée du siège d'Orléans, Bataille de Castillon. Entrée de Charles VIII à Naples. Bataille de Marignan. Prise de Calais. Entrée de Henri IV à Paris. Batailles de Rocroy, de Lens et des Dunes. Valenciennes prise par le roi. Bataille de la Marsaille. Batailles de la Villaviciosa, de Denain, Fontenoy et Lawfeld. Siège d'York-Town. Batailles de Fleurus, de Rivoli, de Hohenlinden, de Zurich, d'Austerlitz, d'Iéna, de Friedland et de Wagram.

ALBUM DE 20 BATAILLES (1201-1845)

Superbe album. Au lieu de 30 fr.. . . . . net. **7** fr.

G. de Villehardouin demande des vaisseaux pour transporter les croisés. Prises de Damiette et de Rhodes. Bataille d'Embro. Chapitre de l'ordre de St-Jean à Rhodes. A. Doria disperse la flotte Espagnole. Entrée des chevaliers de St-Jean à Viterbe. Assemblée des notables à Rouen. Prise de Dinan. Louis XVI distribue des secours aux pauvres. Batailles d'Aboukir, de Zurich. Bombardement de Bard. Combats de la Chiusella, de Wertingen, D'Aicha, de Somo-Sierra. Prises de Bône, de Bougie. Combats de la Sickak, d'Affroun. Combat naval de Pinto-Obligado.

ARMOIRIES DE LA SALLE DES CROISADES

Splendide album comprenant près de 690 blasons, reproduits en or, argent et couleurs. 28 planches réunies en carton-portefeuille. Au lieu de 86 fr., net. **25** fr.

ALBUM DES DOUZE MOIS DE L'ANNÉE

Splendides sujets d'après les anciens tableaux du musée et représentant les plaisirs et distractions de chaque mois. 12 planches réunies en carton-portefeuille. Au lieu de 22 fr. . . . . net. **7** fr.

Livres Minuscules

IMPRIMÉS EN CARACTÈRES MOBILES

Mesurant 38 mill. de hauteur sur 28 mill. de largeur

(CHAQUE VOLUME NE PÈSE QUE 5 GRAMMES)

Premier Volume — CH. PERRAULT

Le Petit Poucet

CONTE

Orné de quatre gravures de Steinlen

Un vol. de 80 pages broché. 1 50
Reliure Bradel, maroquin couleurs variées. 3 »

LE PETIT POUCET

Deuxième Volume

Les Rondes de L'Enfance

Orné de cinq gravures de Steinlen
et
de 14 pages de musique

Un vol. de 84 pages broché. 1 50
Reliure Bradel, maroquin couleurs variées. 3 »

LES RONDES

M. BUFFENOIR

Jeanne d'Arc

Orné de quatre gravures de G. Maria
et de 5 culs-de-lampe

Un vol. de 100 pages broché. 1 50
Reliure Bradel, maroquin couleurs variées, armés de Jeanne d'Arc dorées sur les plats. . . 3 »

Troisième Volume

JEANNE D'ARC

Hégésippe MOREAU

La Souris Blanche

CONTE

Illustré par Henri PILLE

Ce vol. de 100 pages broché. 1 50
Reliure Bradel, maroquin couleurs variées. 3 »

Quatrième volume

LA SOURIS BLANCHE

Cinquième Volume — VOLTAIRE

Jeannot & Colin

Orné de cinq gravures Par STEINLEN

Un vol. de 88 pages broché. 1 50
Reliure Bradel, maroquin couleurs variées. 3 »

JEANNOT

Sixième volume — MADAME D'AULNOY

Fortunée

CONTE

Orné de quatre gravures de F. REGAMEY

Un volume de 88 pages broché. 1 50
Reliure Bradel, maroquin couleurs variées. 3 »

FORTUNÉE

Il a été fait de chacun de ces volumes un tirage de luxe :

50 ex. pap. imp. du Japon, impr. noir, double suite. . 5 fr.
50 ex. pap. imp. du Japon, impr. rouge, double suite. 6 fr.

"LA GRACIEUSE"

Qu'est-ce que LA GRACIEUSE?

C'est une charmante petite bibliothèque en gainerie de style Louis XV, dont le dessin ci-contre est la reproduction, et de taille bien minuscule, puisqu'elle ne mesure que 0,13 de haut., 0,09 de larg. et 0,05 de profondeur. Elle est recouverte d'étoffes multicolores variées, et rehaussée d'un galon d'or qui en dessine tout le contour. La porte est formée par une glace biseautée.

L'intérieur est divisé en deux rayons sur lesquels sont rangés 10 volumes nains — 10 de ces volumes minuscules, si à la mode depuis quelque temps. Ces volumes sont imprimés en même caractères que cette notice, lesquels sont suffisamment gros pour que les enfants puissent les lire sans se fatiguer la vue; ils sont revêtus d'une simili-reliure.

Le soin qui a présidé au choix de chacun de ces volumes est remarquable et l'on y trouve :

La Fontaine, quelques fables. — Fénelon, fables et allégories. — Chanoine Schmid, quelques contes. — Perrault, contes. — Florian, fables. — Morale de l'Enfance, par Morel de Vindé, etc., etc.

On peut donc dire que cette charmante bibliothèque amusera les enfants, sans ennuyer les grandes personnes.

"LA GRACIEUSE" est plus qu'une nouveauté; elle est aussi plus qu'un jouet : c'est ce merle blanc si recherché des personnes qui ont un cadeau à faire à une demoiselle ou un jeune garçon; c'est en même temps un joli bibelot d'étagère, utile et agréable tout à la fois.

Le prix de **LA GRACIEUSE** est très minime, car le meuble et les 10 volumes ne sont cotés ensemble que **7 fr. 50.** Aussi fait-il le bonheur de tous les enfants, grands et petits.

LES PLUS PETITS LIVRES DU MONDE

LE PLUS PETIT DICTIONNAIRE DU MONDE

Dictionnaire Français - Anglais et Anglais - Français.
Cette petite merveille n'a, comme dimensions, que **28** millim. de hauteur sur **20** millim. de longueur, contient 672 pages, 400.000 mots. Relié en cuir souple et renfermé dans un médaillon avec une loupe pour le lire.

Prix. . . . . 2 fr. »

ENGLISH SCOTCH
AND IRISH SONGS

With music, magnifique volume microscopique. *Chansons et Musique*, 128 pages, hauteur 28 millim., largeur 19 millim., épaisseur 5 millim., poids 4 grammes, relié en cuir souple et renfermé dans un médaillon formant loupe.

Prix . . . . 2 fr. »

NEW TESTAMENT

Impression microscopique, contient 320 pages, hauteur **17** millim., largeur 14 millim., poids 7 grammes, relié en cuir souple et renfermé dans un médaillon loupe.

Prix . . . . 2 fr. »

MY TINY
ALPHABET D'ANIMAUX

Joli volume microscopique avec gravures coloriées, hauteur 28 millim., largeur 19 millim., épaisseur 7 millim., poids 4 grammes, relié en cuir souple.

Prix. . . . . 2 fr. »

HOLY BIBLE

Ce charmant petit volume ne mesure que 42 millimètres de hauteur sur 20 millimètres de largeur, contient 876 pages, relié en cuir souple et renfermé dans un étui avec une loupe pour le lire.   Prix net . . . . 3 fr. 25

LIVRES DE GRAND LUXE
COLLECTION HURTREL

Le premier Grenadier de France (Latour-d'Auvergne), par Paul Déroulède. Ravissant volume, gravures dans le texte et superbes planches hors texte, par E. Detaille, Ferdinandus. 1 vol. in-16, élégant emboîtage. Au lieu de 30 fr . . . . . . net. **4** fr. **25**
Le même sur Hollande, 50 fr. . . . . net. **10** fr. »
— Chine ou Japon, quelques exemplaires seulement, 60 fr. . net. **13** fr. **50**

La Grande Diablerie, par E. d'Amerval. Charmant volume illustré de gravures en couleurs et eaux-fortes d'Avril. 1 vol. in-16, emboîtage artistique.
Au lieu de 30 francs . . . . net. **4** fr. **25**

Madame Roland, sa détention à Sainte-Pélagie (1793). Joli volume illustré par Poirson, quantité de dessins dans le texte et hors texte. 1 vol. in-16 dans un bel emboîtage.
Au lieu de 30 francs. . . . . net. **4** fr. **25**
Le même sur Hollande, 50 fr. . . . . net. **10** fr. »
— Chine ou Japon, 60 fr. . . . . net. **13** fr. **50**

Aventures romanesques d'un comte d'Artois, d'après un manuscrit de la Bibliothèque nationale; ouvrage orné de nombreux dessins et chromolithographies. 1 vol. in-16, élégant emboîtage. Au lieu de 30 fr. . . . . net. **4** fr. **25**
Le même sur Hollande, 30 fr. . . . . net. **10** fr. »
— Chine, broché . . . . net. **13** fr. **50**

Nous engageons notre clientèle à profiter de suite de ces occasions; ces beaux livres dont il ne nous reste que quelques exemplaires, seront bientôt épuisés.

IMPRIMERIE E. FLAMMARION, 26, RUE RACINE, PARIS.